------------انتشارات آسمانا------------------

جلوی خانه‌ی ما یکی مرده بود

مجموعه داستان

اکبر فلاح‌زاده

آسمانا، تورنتو، کانادا
۱۴۰۳/۲۰۲۴

جلوی خانه ما یکی مرده بود

نویسنده: اکبر فلاح‌زاده

ناشر: آسمانا، تورنتو، کانادا

طرح روی جلد: مهدی پوریان

ویراستار: فرشته احمدی

صفحه‌آرا: ایلیا اشرف

نوبت چاپ: اول، ۱۴۰۳/۲۰۲۴

شماره آی‌اس‌بی‌ان: ۹۷۸۱۷۳۸۲۸۵۵۹۴

جلوی خانه‌ی ما یکی مرده بود

مجموعه داستان

اکبر فلاح‌زاده

فهرست

شورای بررسی

(داستانی از دهه‌ی شصت)

ماشاالله خان، رئیس و سربازجوی زندان رشت، از مردان متعهد و به همان اندازه متنفذ شهر، قوزک پای راستش در اثر برخورد مداوم با آنچه خودش پوزه‌ی زندانیان می‌نامید درد می‌کرد و مدام تیر می‌کشید. ماشاالله خان از پوشیدن کفش، کفش پاره حتی، پرهیز می‌کرد و همواره در زندان پابرهنه راه می‌رفت و از این رو پایش موقع لگد زدن محافظی محکم‌تر از پوست نداشت. این البته همان چیزی بود که ماشاالله خان می‌خواست؛ خشم طبیعی باید طبیعی هم بروز کند و این از پایی که به کفش مجهز است ساخته نیست. تنها استخوان، خشونت استخوان است که خشونت خشم را موقع لگد زدن منتقل می‌کند...

ماشاالله خان این شیوه را بعد از انقلاب که آن را «انقلاب پابرهنه‌ها» می‌نامید و بخصوص از وقتی که سروکارش با زندان افتاد و به زودی بازجو و سربازجو و بعد رئیس زندان شد اتخاذ کرد. او پیشترها، پیش از انقلاب، تیغزن بود و در رشت و در قمارخانه‌های تهران معروف بود. آن وقت‌ها آن‌طور که خودش با تأسف یاد می‌کرد، زندگی‌اش ساده بود، اما به تیغ و ضامن‌دار هم مجهز بود.

ماشاالله خان رفتار عجیبی داشت؛ او هر چند بازجو بود، اما کم حرف می‌زد و بیشتر می‌زد... و گفتیم که طبیعی هم می‌زد. استفاده از هر گونه وسیله‌ی شکنجه، حتی کابل که بدون آن، جاری کردن حد ممکن نبود، مادام که او رئیس زندان بود، قدغن بود. او حتی چند پاسدار را که از روی عادت ناخن‌های چند زندانی را با انبر کشیده بودند، توبیخ و تنبیه کرد. همین رفتار خارق‌العاده کم‌کم او را با همه، از پاسداران مستقر در زندان گرفته تا نماینده‌ی شهر و استاندار و حتی فرستاده‌ی ویژه‌ی آقای رفسنجانی، درگیر و به زودی از کار برکنار کرد. همین که بدانیم او با شلاق زدن مخالف بود، کافیست که بدانیم تا چه حد با اعدام مخالف بود. در عوض تجاوز -به زن یا به مرد- را «طبیعی» می‌شمرد. او خود پیشترها که جوان‌تر بود و هنوز با آنچه خودش به آن «عرفان» می‌گفت آشنا نشده بود، به تعداد زیادی خر و خروس و سگ و گربه تجاوز کرده و تجربه‌ها کسب کرده بود. می‌گفت بخصوص خروسی که به او تجاوز شود دیگر نمی‌تواند بخواند و چون نمی‌تواند بخواند زود می‌میرد.

مخالفت او با اعدام به خاطر شیوه‌ی معمول اعدام بود. او اعدام را «تداومِ زدن» و در نهایت «اوجِ زدن» تلقی می‌کرد و آن را «طبیعی» می‌خواست؛ بی دار و گلوله. معتقد بود و البته عملاً هم نشان داده بود که اعدامی را باید خورد، همان‌گونه که مثلاً گربه موش را می‌خورد. او همین مثال را در جلسه‌ای توضیحی، برای پاسداران و نمایندگانی که از سوی مقامات مختلف گرد

۱٤

آمده بودند، شرح داد. بعد یکی از زندانی‌ها را که حکمش چند روز پیش صادر شده بود، آورد و او را همان‌جا زد و زد و زد. بعد در همان‌حال که خودش از ناحیه‌ی پا درد می‌کشید، با او بازی کرد و بعد پرید و خرخره‌اش را به دندان گرفت و آن‌قدر نعره زد و فشرد که زندانی از هوش رفت و او تکه گوشتی را که کنده بود از دهان در آورد، به حضار نشان داد و دوباره در دهان گذاشت و جوید.

این عمل هرچند که جسته‌گریخته تحسین شد، اما به لحاظ مکروه بودن گوشت انسان تقبیح شد.

چند روز بعد حکمی آمد و از کار برکنار شد. در توضیح علت برکناری، به او گوشزد کردند که ابتکارهایش هر چند به حد کافی در دل دشمن رعب ایجاد می‌کند، اما در میان پاسداران و سایر مسئولان زندان‌ها که در عرض چندسال به اعمال شیوه‌های شناخته‌شده عادت کرده‌اند، تفرقه می‌اندازد. از این گذشته، شیوه‌ی اعدام مطلوب او، با توجه به احکام متعدد اعدام خیلی کُند پیش می‌رود و بیش از حد انرژی می‌گیرد.

ماشاالله خان به خاطر احترام عمیقی که برای نمایندگان مستقیم یا غیرمستقیم امام قائل بود، حکم برکناری‌اش را -بعد از حدود یک ماه خدمت در پست ریاست زندان- روی چشم گذاشت، اما زیر بار این حرف‌ها نرفت و باز از نظریه‌ی طبیعی زدن و طبیعی

کشتن و سپس خوردن دفاع کرد و اجازه خواست او را بی‌کار
نگذارند و از سنگر زندان به سنگری دیگر بفرستند تا باز خدمت
کند. خواستند او را مسئول کشتارگاه‌های استان کنند، اما چون
این کار از عهده‌ی یک قصاب ساده‌ي نامتعهد هم برمی‌آمد، آن را
نپذیرفت. چند پیشنهاد مشابه دیگر را هم رد کرد و ترجیح داد به
جبهه اعزام شود. فقط اجازه خواست و قول گرفت که هر از
چندی که از جبهه برمی‌گردد، به همراه گروه‌هایی از
دست‌اندرکاران یا خانواده‌های شهدا به دیدار امام برود تا الهام
بگیرد.

بعد از دوره‌ای سه‌ماهه که به عنوان مأمور ویژه‌ی اطلاعات به
جبهه رفت و برگشت، با اعزام مجدد او مخالفت شد. ظاهراً در
آن‌جا هم مشکلات بسیار ایجاد کرده بود؛ بعد از مدت‌ها بازجو
بودن و سروکار داشتن با زندانیان سیاسی هر که را در جبهه دیده
بود مشکوک یا نفوذی یافته بود و او را به بازجویی کشانده و در
جریان بازجویی او را تا خورده بود، زده بود.

وقتی برگشت، آن‌طور که به دوستانش می‌گفت از همه کینه داشت
و دلش پُرخون بود. اما دیگر حوصله نداشت، خانه‌نشین شد و
چند ماه بعد خبر مرگش ابتدا در میان مسئولان و سپس در میان
مردم انتشار یافت.

چه شد و چه نشد و چرا شد و چطور شد، فعلا در دستور کار
نیست. رئیس شورا - که اعضای آن قبلاً به‌دقت انتخاب شده و
اینک در اتاقی در ساختمان نهاد ریاست جمهوری گرد آمده
بودند- این مطلب را مخصوصاً قاطعانه بیان کرد تا به بحثی که
در مورد چونی و چرایی قضیه درگرفته بود خاتمه بدهد. او ضمن
تاکید بر حساسیت اوضاع، که از اسباب تشکیل چنین شورایی
بود، به عجله و نیز دقتی که باید درکار باشد اشاره کرد و توضیح
داد که این تنها یکی، و تأکید کرد یکی از اخبار است و اگر قرار
باشد اعضای شورا روی همین یک خبر که تصادفی خوانده شده
این‌قدر حساسیت نشان بدهند، با بقیه   گزارش‌ها و اخبار که
اتاق جلسه را انباشته، چه خواهند کرد.

به گفته‌ی وی وظیفه‌ی عاجل ابتدا این است که این اخبار که
توسط کمیسیون‌های مختلف وزارت اطلاعات ارسال شده‌اند،
به‌طور خلاصه مرور و دسته‌بندی شوند و سپس رابطه‌هایشان با
هم -به لحاظ موضوعی، زمانی یا منطقه‌ای- کشف شود. آنگاه،
در مرحله‌ی بعدی اگر لازم بود مورد بررسی جزء به جزء قرار
گیرند و از این بررسی‌ها یک بررسی کلی حاصل آید و از آن
حاصل، نتیجه‌ای که محصول کار شورا خواهد بود به مقامات
ارائه گردد. تذکر رئیس شورا مفید و سازنده تلقی شد.

این نکته را نیز که از خط و خطبازی باید -بنا به اظهار مؤکد
رئیس شورا - «واقعاً و عملاً و روحاً» پرهیز شود، همه به

عنوان یک اصل بدیهی پذیرفتند. چرا که بنا به گفته‌ی وی خط و خط‌بازی از دردهای بزرگ انقلاب بوده و هست و هر چه هم از سوی بالاترین مقامات نکوهیده شده باز این نکوهیدن‌ها افاقه نکرده و خط و خط‌بازی آثار مخربش را به صور گوناگون نشان داده است. بخصوص، بنا به تأکید وی، خط و خط‌بازی اگر بخواهد خودش را در یک کار تحقیقی و تحلیلی، آن هم با این درجه از اهمیت، که به کمال خلوص و نهایت تعهد نیاز دارد، نشان بدهد، آنگاه حاصل کار چیزی جز یک کار خط‌خطی نخواهد بود.

گفته‌های رئیس شورا همه مورد تأیید بود، اما از آنجا که تعدادی از اعضاء جوان‌تر شورا، به‌رغم تذکرات قبلی، خواهان ادامه‌ی بحث و بررسی گزارش مربوط به ماشاالله خان بودند و در این مورد بیش از حد کنجکاوی نشان می‌دادند، رئیس شورا به ناچار با لحنی عتاب‌آمیز بهشان خاطرنشان کرد که مقصود قصه‌خوانی و بررسی یک شخصیت داستانی نبوده است. اگر این خبر قدری مفصل‌تر، و گیریم که قدری پر آب‌وتاب خوانده شد، به جهت آن بود که اولین خبری بود که دم دست بود، ورنه نسبت به سایر اخبار و گزارش‌ها از هیچ اولویتی برخوردار نیست.

وی از آنجا که احساس می‌کرد متأسفانه هنوز تعدادی از اعضاء در مورد هدف اصلی تشکیل شورا به خوبی توجیه نشده‌اند، توضیحات مفصلی ارائه داد و مجدداً راجع به اصل مهم

امانتداری و بی‌طرفی، و این بار با استناد به آیات و احادیث بحث کرد.

سخنرانی وی حدود یک ساعت طول کشید و به علت نزدیک شدن به وقت اذان ظهر، که از سوی یکی از اعضاء به وی تذکر داده شد، ادامه‌ی بررسی به بلافاصله بعد از ادای فریضه‌ی نماز و صرف ناهار همان روز موکول شد.

در میان اخبار واصله به شورا چند خبر عجیب و حیرت‌آور -و به ظاهر خرافی- وجود داشت که نمی‌شد با معیارهای معمول دسته‌بندی اخبار سنجیدشان، از جمله؛ ادعای رؤیت امام زمان توسط یک ستوان دوم کادر از بخش فریدن اصفهان. به طور خلاصه ستوان در شب نگهبانی، درست یک هفته قبل از اعزام مجدد به جبهه‌های نبرد، ضمن خوابی سبک، و آن‌طور که در گزارش آمده «شیرین»، به رؤیت امام زمان توفیق می‌یابد. بعد آرام، به تصریح گزارش؛ «آرام‌ترین شکلی که در تمام عمرش بی‌سابقه بوده» از خواب بیدار می‌شود و در دل شب صدای روح‌نواز پرنده‌ای را می‌شنود که هر چه می‌گردد، موفق به رؤیتش نمی‌گردد...

به گفته‌ی رئیس جلسه گزارش بسیار طولانی و البته خواندنی است و سخت می‌شود مختصرش کرد. خلاصه اینکه بیهوش می‌شود و بعد که به هوش می‌آید، در اولین فرصت اداری قضیه

را به اطلاع رئیس عقیدتی-سیاسی پادگان می رساند. وی فوراً مورد معاینه‌ی دقیق پزشکی قرار می‌گیرد، اما هیچ اشکالی مشاهده نمی‌شود. دو روز بعد، بلافاصله بعد از اعزام به جبهه شهید می‌شود. جالب این‌که پیکر این شهید هرگز یافت نمی‌شود. جالب‌تر این‌که شهید مزبور، این قضیه، یعنی مفقود شدن جسد را در وصیتنامه‌اش پیش‌بینی کرده و آن را علامت مشخص و انکارناپذیر عروج به ملکوت اعلاء دانسته بود.

به گفته‌ی رئیس شورا گزارش‌های مشابه فراوان است که برای صرفه‌جویی در وقت یکی که قدری عجیب‌تر و پیچیده‌تر می‌نماید خوانده می‌شود:

طبق گزارش واصله از همدان، بخش کبودرآهنگ، یک گروهبان دوم وظیفه ابتدا پیش دوستان و سپس در حضور معاونت عقیدتی-سیاسی پادگان از دریافت الهاماتی- به قول خود وی «وحی»، خبر داده که البته بلافاصله هم تنبیه شده است. اما به علت تکرار مورد و ادعاهای مشابه در هفته‌های بعد، با در نظر گرفتن شانزده ماه حضور بلاانقطاعش در جبهه‌های نبرد و نیز از آن‌جا که هیچ‌گونه سوءسابقه‌ای نداشته؛ با وجود چند غیبت ناموجه (طبق ادعای خودش به روستای زادگاهش در لرستان می‌رفته و به کوه می‌زده و در غار می‌مانده و جز آب چیزی نمی‌خورده)، قدری زودتر از موعد مقرر کارت پایان خدمت وظیفه دریافت داشته است. اما درست یک هفته بعد به پادگان

مربوطه مراجعه و برای ادامه‌ی خدمت و اعزام به جبهه تقاضا می‌دهد که بلادرنگ با اعلام موافقت مسئولان مربوطه نامش در لیست اعزامیان به جبهه ثبت می‌شود. اما از آن‌جا که شتاب بیش از حدی برای حضور در جبهه داشته، دست به عملی زده که از آن تحت عنوان بی‌سابقه‌ی «خود اعزامی» نام برده شده است. به این ترتیب که فردای آن روز قرار بوده کاروان هدایای اصناف شهر راهی جبهه شود. وی از این فرصت استفاده می‌کند، با همکاری راننده‌ای مخفیانه سوار بار کامیون مملو از کنسرو می‌شود و به مقصد که می‌رسد خودش را معرفی می‌کند. وی در جبهه بی‌اعتناء به مقررات نظامی به همه جا سر می‌کشیده، در چندین عملیات شرکت کرده و «خط‌شکن سیّار» لقب گرفته است. اما در هیچ‌یک از عملیات توفیق شهادت، حتی جراحت نمی‌یابد؛ تا این‌که یک روز، اواخر تیرماه سال جاری (۱۳۶۷) زیر آفتاب، کنار سنگر دراز کشیده بوده که خبر اعلام موافقت با آتش‌بس را از رادیو می‌شنود.

به گفته‌ی شاهدی عینی «سنگین و هاج و واج» و به گفته‌ی شاهدی دیگر «خنده به لب» از جا بلند می‌شود و قدری قدم می‌زند، سپس به جای اولش برمی‌گردد، می‌ایستد. سپس رادیو را از زمین بر می‌دارد و بنا به گزارش «مدت‌ها» نگاهش می‌کند و یک‌دفعه در حالی‌که فریاد می‌زده:«تو که منو نمی‌خواستی، گه خوردی منو طلبیدی!» چنان آن را به سر و روی خودش می‌کوبد که رادیو خرد می‌شود. بنا به گزارش، وی در چنان وضعی بوده

که هیچ‌کس جرئت نزدیک شدن به او را نداشته است. خلاصه این‌که با سر و روی خونین، و بنا به شهادتی تائیدنشده، در حالی‌که به امام امت نیز اهانت می‌کرده، با قنداق تفنگ به قدری بر سر و روی خودش می‌کوبد که بی‌حال می‌شود و انتقالش به بیمارستان نیز افاقه نمی‌کند و می‌میرد.

یکی از اعضای شورا، حین استماع گزارش یک‌باره حرکتی کرد و نشانه‌ای از خود بروز داد که به چیزی مثل پقی زیر خنده زدن بیشتر شبیه بود تا به بالا کشیده مف بینی. این حرکت وی دیده اما عجالتاً نادیده انگاشته شد.

رئیس شورا در این قسمت می‌خواست گزارش‌هایی را بخواند که همگی مربوط بودند به شهدایی که هنگام دفن پیکرهای پاکشان خنده به لب داشته‌اند، اما به علت کمبود وقت و حجم اخبار، هیچ‌یک از اعضاء با قرائت این‌گونه گزارش‌ها موافق نبود و پیشنهاد شد که به گزارش‌های مهم‌تر پرداخته شود.

در گورستان رشت، حوالی ساعت ۲ بعد از نیمه‌شب، زنی در حال جارو کردن سطح قبرهایی بوده که عصر روز قبل جنازه‌های ۲۷ تن از شهدای شهر را در خود جای داده بودند. حرکت وی مشکوک جلوه می‌کند. از این رو ساعتی بعد که مخفیانه روانه‌ی خانه بوده در گوشه‌ی خیابان متوقف می‌شود و محترمانه مورد بازجویی قرار می‌گیرد. زن جارویی به دست داشته و دو پاکت پر

از نقل خاکی و مقداری خرده‌شیرینی. وی که بنا به گزارش سخت شرمزده بوده، به علت نیافتن مورد مشکوک دیگری آزاد می‌شود.

به گفته‌ی رئیس شورا گزارش‌هایی از این قبیل زیاد است و بهتر است همه‌ی آن‌ها تحت عنوان «مشکلات اجتناب‌ناپذیر ناشی از جنگ تحمیلی و محاصره‌ی اقتصادی» دسته‌بندی و عجالتاً کنار گذاشته شوند. بخصوص این‌که به گفته‌ی او در پاره‌ای موارد کار به مسائل شخصی و شرعی نیز کشیده می شود. به عنوان نمونه:خودکشی دو خواهر ۱۶ و ۲۳ ساله در شهر رشت، که پدرشان دلال خرده‌پای برنج بوده و یکی، دو ماه قبل از حادثه دکانش تخته شده بود. بعد تغییر ناگهانی معاون عملیاتی کمیته‌ی شهر، بعد بازگرداندن دکان به پدر همان دو دختر و دادن کارت پایان خدمت به برادر آن دو خواهر؛ سپس دیوانه شدن همین برادر و سرانجام بر اثر دیوانگی کشتن پدر...

رئیس شورا در این‌جا یک دسته گزارش را پیش کشید که خود قبلاً، به لحاظ داشتن بار سیاسی، از میان گزارش‌های بسیاری که عنوان «خیال‌پردازی و رمالی» داشته‌اند، جدا کرده بود. از جمله گزارشی قدیمی مربوط به پسربچه‌ای یازده‌ساله که پیشگویی کرده بوده در نماز جمعه‌ی این هفته نه، آن یکی هفته، یکی از لای جمعیت در می‌آید و می‌رود امام جمعه را بغل می‌کند، بعد رعد و برق می‌شود و مردم فرار می‌کنند...

به گفته‌ی رئیس شورا این گزارش بیشتر، از این نظر قابل‌اعتناء است که به خبر یا شایعه، وقتی هنوز در نطفه بوده، توجه نشده و فقط وقتی حسابی پخش شده و شاخ‌وبرگ پیدا کرده، توجه شده است. از جمله شاخ‌وبرگ‌ها این‌که بعد از رعد و برق باران هم می‌بارد؛ باران داغ. یا این‌که خود امام جمعه آن شخص را بغل می‌کند. از بعضی هم شنیده شده که اصلاً همدیگر را بغل نمی‌کنند و رعد و برق هم نمی‌شود، زمین‌لرزه می‌شود.

به نظر رئیس شورا توجه بیش از اندازه به این‌جور پیشگویی‌ها کار را به جادو و شعبده می‌کشاند و کم‌توجهی نیز چه بسا مصیبت به بار بیاورد، چنان‌که آورده است. بنا به یک گزارش مربوط به چند سال پیش؛ پیرمردی شالیکار یک‌دفعه دست از کار می‌کشد و همان‌جور پابرهنه و خیس به طرف کمیته می‌دود و

می‌گوید تا سه روز دیگر یک چیزی یک جایی می‌ترکد. یک هفته بعد یک کارگاه پلاستیک‌سازی آتش زده می‌شود. در شرح خبر آمده: نوه‌ی این پیرمرد منافق بوده و چند روزی هم در خانه‌ی پدربزرگ مخفی شده بوده که البته بعداً دستگیر و اعدام می‌شود. پیرمرد به علت اطلاع ندادن قضیه به شدت تنبیه و مدتی زندانی می‌شود. اما چون مدعی بوده که هیچ اطلاعی از منافق بودن نوه‌اش نداشته، و نیز به لحاظ کبر سن به قید ضمانت آزاد می‌شود. از او قول گرفته می‌شود که من‌بعد هرگونه خبری را به نزدیک‌ترین کمیته یا پایگاه بسیج اطلاع بدهد. او هم هر از

چندی می‌آمده و خبری می‌داده اما خبرهایش غالباً جنبه‌ی پیشگویانه داشته‌اند. نکته‌ی آخر این‌که وی به علت پیشگویی‌هایش، مدام مشوّش بوده و خودش را در معرض ترور می‌دیده است. تا این‌که یک روز با قیافه‌ای جدی و لحنی التماس‌آمیز می‌گوید که احساس می‌کند درست در همان روز خطر ترورش وجود دارد و تقاضا می‌کند برای حفظ جانش جلوی خانه‌اش محافظ بگمارند. این مسئله با شوخی برادران مواجه می‌شود. فردای همان روز برادران خبر مرگش را می‌شنوند؛ وی به مرگ طبیعی مرده بود.

و اما فعالیت ضدانقلاب...

رئیس شورا گفت پرونده‌ی اعدامی‌ها و زندانی‌ها به علت رعایت نکات امنیتی و نیز به علت حجم عظیم‌شان در اختیار شورا قرار نگرفته و فقط تعدادی گزارش پراکنده، عمدتاً در مورد بازتاب اجتماعی آن‌ها به شورا واصل شده است. به گفته‌ی وی این گزارش‌ها غالباً به چند سال پیش مربوطند و به همین دلیل به سختی بتوان از آن‌ها نتیجه‌ای گرفت. از جمله گزارشی است مربوط به معلمی بازنشسته که پسر چپی‌اش حدود سه سال قبل اعدام شده است. وی چند بار در ساحل دریا دیده شده که دست‌ها را به سوی آب باز کرده و رو به امواج سخنرانی می‌کرده و مأموران گوش که داده‌اند، چیزی دستگیرشان نشده است. حرف‌هایش پر بوده از ماه و آفتاب و ستاره و موج. از آن‌جا که

وی این کار را شب‌ها و دور از چشم مردم انجام می‌داده، و مرتب هم انجام نمی‌داده و مورد مشکوک دیگری هم نداشته و هر از گاهی در آیین‌های نماز جمعه هم شرکت می‌کرده، دستگیر نشده است. برادر همین مرد؛ یعنی عموی همان چپی معدوم، که سال‌ها شغلش پرورش ماهی بوده، مدتی پس از اعدام برادرزاده‌اش یک‌دفعه، چنان که نظر اهالی را جلب کرده، به کبوتربازی روی آورده و وقتی ممنوعیت این کار به وی گوشزد شده، خانه و زندگی و کبوترها را رها کرده و از شهر رفته است.

به گفته‌ی رئیس شورا گزارش‌های مربوط به برادران پاسدار از اهمیتی ویژه برخوردار است.

هر چند تعداد قلیلی از از این نوع گزارش‌ها به شورا داده شده و همین تعداد نیز پراکنده‌اند و به سال‌های مختلف مربوط می‌شوند. یکی از گزارش‌ها مربوط به پاسدارانی است که مأمور حفاظت از جناح بیرونی جنگل بوده‌اند، اما بعد از مدتی استعفاء داده یا به تشخیص مقامات ذیربط به نواحی دیگر منتقل شده‌اند. تعدادی از این برادران مدام در جنگل سایه‌هایی می‌دیده‌اند یا صداهایی می‌شنیده‌اند و در مواردی به سوی درخت‌ها شلیک می‌کرده‌اند. در دو مورد به طور مشخص موشک آر.پی.جی.هفت به جنگل شلیک شده است.

تحقیقات به‌عمل‌آمده در همان زمان نشان داده که تصورات برادران به‌کلی بی‌اساس بوده و گفته‌ی یکی از آن‌ها که «پشت هر درخت جنگل یک ضدانقلاب کمین کرده»، ناشی از خستگی تلقی شده است.

رئیس شورا در این‌جا به چند گزارش جدیدتر اشاره نمود که از سوی وزارت اطلاعات به آن‌ها عنوان «سهل‌انگاری» داده شده بود. از جمله؛ چپ شدن و آتش گرفتن کامیون حامل اجساد تعداد زیادی اعدامی در راه انتقال از تهران به وارمین. خوشبختانه کامیون هنگام شب و در جایی پرت -در جاده‌ای خاکی، منشعب از جاده‌ی اصلی- چپ شده و توجه کسی به حریق جلب نشده است. دو ماشین اسکورت که شخصی و متأسفانه فاقد تجهیزات آتش‌نشانی بوده‌اند، با بیسیم قضیه را اطلاع داده و ساعتی بعد دو کامیون با تجهیزات لازم در محل حاضر شده و آتش را خاموش کرده‌اند. سپس تعدادی از برادران گونی‌های سوخته را در گونی‌های تازه جا داده و آن‌ها را سوار کامیونی دیگر کرده و برده‌اند. تعدادی نیز جهت پاکسازی در محل مانده به جمع‌آوری تکه‌های سوخته‌ی گونی‌ها، لباس‌ها و بخصوص دکمه‌ها و نیز چیزهایی که بعد از حدود یک ساعت حریق از تن اجساد کنده شده، پرداخته‌اند. در این میان یکی از برادران که ظاهراً جوان‌تر از بقیه بوده، بنا به شهادت برادران همراه، از بوی سوخته‌ی اجساد دچار سرگیجه و تهوع و به نقل از شاهدان عینی، «یک‌جور تهوع عجیب و انگار اصلاً

تمام‌نشدنی» شده و درست هنگام انتقال به بیمارستان بنا به گزارش پزشک سپاه به طرزی باورنکردنی مرده است.

گزارشی دیگر به گفته‌ی رئیس شورا حائز اهمیتی بیشتر است و ابداً نمی‌توان به آن سهل‌انگاری گفت؛ در آزمایشگاه شیمی یکی از پادگان‌های سپاه مقداری مواد شیمیایی مجهول، که پس از آزمایش روی گوسفندان بی‌اثر اعلام شده بود، با جزئی تغییر در فرمول ساخت، روی چند داوطلب آزمایش شده و منجر به نتیجه‌ای عجیب شده است؛ افراد مورد آزمایش پس از چند روز ناگهان مژه‌ها و ابروهایشان ـ و در یک مورد موهای جلوی سرـ سفید شده و گلوهایشان به طرزی عجیبی متورم شده است. این افراد بعد از انتقال به قرنطینه‌ی مرکزی، به طور ناقص، و در یک مورد به طور کامل فلج می‌شوند. یک مورد نابینایی و یک مورد تورم حدقه هم میانشان دیده شده است. حدود ده تا پانزده روز بعد افراد مورد آزمایش در اثر تهوع مداوم ـ و در یک مورد در اثر تنگی نفس ـ می‌میرند.

این افراد ـ جمعاً هفت نفرـ همگی توّاب بوده‌اند. مدت محکومیتشان تمام شده بود، اما آزادشان نکرده بودند. اینان مکرراً می‌خواسته‌اند که فرصتی در اختیارشان گذاشته شود تا میزان تعهد و ایثارشان را ثابت کنند و سپس آزاد شوند. این افراد بین سه تا پنج سال در بند بوده‌اند و در حال انتقال به بیرون از زندان، وقتی چشمشان به خیابان‌ها افتاده سر از پا نمی‌شناخته

و همگی از شدت شوق، گویی که آزاد شده باشند، به‌طرزی دیوانه‌وار می‌گریسته‌اند...

رئیس شورا به علت رو به اتمام بودن وقت جلسه،   دو سه گزارش پراکنده‌ی دیگر را سرسری قرائت کرد: در منطقه‌ی کوهستانی دربند، حوالی ساعت ۲ بعد از نیمه‌شب، مردی را با موهای ژولیده و ریش بلند و پابرهنه می‌یابند که از کوه پایین می‌آمده و کتابی در دست داشته که از عنوان آن تشخیص داده شده که آن فرد جزو اقلیت‌های مذهبی بوده. اسم کتاب «چنین گفت زرتشت» بوده است. وی اقرار نموده که سه هفته در کوه به سر برده و موقع دستگیری چیزهایی گفته که بی‌معنی تلقی شده است. دهان این مرد بوی بد –ظاهراً بوی الکل یا یک جور علف وحشی– می‌داده اما در این مورد بین برادران اتفاق نظر وجود نداشته است. با این حال محض احتیاط همان پای کوه نیمی از هفتاد ضربه حدّ شلاق بر وی جاری می‌شود.

در همین کوه افراد مشکوک دیگری نیز مشاهده و دستگیر شده‌اند. از جمله مردی که بعداً معلوم می‌شود دانشجوی اخراجی رشته‌ی ادبیات فارسی بوده است. وی را حوالی نیمه‌شب در حالی مشاهده می‌کنند که بالای صخره‌ای نشسته و خروسی در بغل داشته و سیگار می‌کشیده است. در بازجویی مقر می‌آید که منتظر بوده سپیده بدمد و خروسش در فضای ساکت کوه تا

می‌تواند بلند بخواند، جوری که به گفته‌ی وی «گوش شب را کر کند».

سرانجام این‌که؛

در حاشیه‌ی جنوب شرقی تهران، در بیابان‌های خاوران، مردی را می‌بینند که لباس‌هایش را دریده و مقداری خار و علف از زمین کنده و مثل تاج روی سر گذاشته و سرگردان بوده است. وقتی از او سوال می‌شود که آن‌جا چه می‌کند، مدتی خیره می‌ماند و بعد خیلی مبهم و گنگ می‌گوید: «دنبال تپه، دنبال یک تپه می‌گردم.» وی بعد از مدتی خیره ماندن اضافه می‌کند: «می‌خواهم روی آن بایستم.»

رئیس شورا پیش از اعلام ختم جلسه، در پاسخ به این سوال که اصولاً هدف اصلی از تشکیل شورا چیست، ضمن اظهار تأسف از طرح سوال‌های تکراری، اظهار داشت که شاید قدری از ابهام قضیه بر سر رعایت اصل «حداقل اطلاعات» باشد که بنا بر آن تا آن‌جا که موقعیت و مقام شخص اقتضاء می‌کند به وی اطلاعات داده می‌شود. با این‌حال وی، برای آن‌که قدری از ابهام قضیه بکاهد، این نکته را به نکات قبلی اضافه کرد که این شورا تنها شعبه‌ای از شعبات یک شواری مرکزی است که به علت حساسیت اوضاع بعد از آتش‌بس، در جهت بررسی همه‌جانبه‌ی ابعاد انقلاب تشکیل شده است. وی همچنین پاسخ به پرسش

یکی از اعضاء درباره‌ی نتایج حاصل از این گزارش‌ها را به ادامه‌ی بررسی گزارش‌ها، و در نهایت به پایان جلسات شورا مؤکول کرد.

به یکی از اعضای شورا که حین استماع یکی از گزارش‌ها، صدایی از خود در آورده بود که به هر چیزی شبیه بود جز بالا کشیدن مف بینی، اجازه‌ی شرکت در جلسات آینده‌ی شورا داده نشد.

از این رو هیچ‌گونه خبری از ادامه‌ی جلسات شورا به ما نرسیده است.

در خانه‌ی ما مار پیدا شده است

در خانه‌ی ما مار پیدا شده است. تردیدی نیست، درخانه‌ی ما مار پیدا شده است. آن خش‌خشی که زنم مدت‌ها بود می‌شنید، خش‌خش خزیدن مار در انبارک کنار مستراح بوده است. ما او را ندیده‌ایم، هیچ‌یک از ما او را ندیده است.

«ما دیده شده‌ایم. ما سحر شده‌ایم. ما در ترس افکنده شده‌ایم.»

شواهدی که از او در انبارک بر جاست با قاطعیت بر وجود او حکم می‌کنند. شواهد چنانند که زنم او را تنها نمی‌انگارد.

«انبارک از مار پُر است. انبارک غرق مارهاست.»

وضع انبارک پیش از ظهور مار از یادمان رفته است. با این حال یقین داریم که آنجا چیزهایی بود که دیگر نیست. چیزهایی هم هست که ما آن‌ها را نمی‌شناسیم. چیزهایی هم خوب دیده نمی‌شوند؛ یک پیت حلبی که سال‌ها پیش روغن در آن بود و بعدها پدر بیل دسته‌شکسته و تیشه‌های سرپریده‌اش را در آن گذشته بود، وارونه و از کاه پر شده؛ یک خمره‌ی ترشی که به دیوار حائل بود، بر گونی‌های برگ خشک دمر شده است، آنجا

گویی کسی خفته است. مخده‌ای کنار خمره است که ما هرگز آن را نداشته‌ایم.

«مار خویشان و اثاثیه‌اش را پیش ما آورده است. او آنجا سکنی گزیده است.»

شواهد دیگر را زنم حتی قاطع‌تر می‌داند؛ شب‌ها گویی کسی در گوشمان نجوا می‌کند. حتی وقتی درها را محکم بسته و کیپ هم خوابیده‌ایم احساس می‌کنیم کسی نگاهمان می‌کند. زنم احساس عجیبی دارد؛ او فکر می‌کند گاهی کسی چیزهایی به او تذکر می‌دهد. احساس او برای من و دختر پنج‌ساله‌ام نامفهوم است. زنم مدام دلشوره دارد. این دلشوره‌ها گاه چندش‌آورند؛ او فکر می‌کند یک بار که همه خفته‌ایم، مار دخترمان را بی‌صورت می‌کند. آنگاه ما تا پایان عمر سرافکنده خواهیم زیست.

انبارک آن سوی حیاط است؛ کنار باغچه. آن سوی حیاط آفتاب‌گیر است، با این حال داخل انبارک حتی روز روشن خوب دیده نمی‌شود. لامپ دیوارکوبِ انبارک کلید ندارد. این لامپ سال‌ها پیش خودبه‌خود پتپت می‌کرد. انبارک دری چوبی دارد که باد کرده و هیچ‌وقت خوب چفت نمی‌شود، پنجره‌ای کوچک دارد که شیشه‌اش سال‌هاست نشکسته. شیشه جوری از داخل تار است که گویی زنگ زده است.

انبارک سال‌ها پیش مستراح بود. بعدها چاهش پر شد و کنار آن مستراحی دیگر ساختند. اما درِ بادکرده‌ی چوبی، حائل بین مستراح و انبارک، همچنان چفت‌نشده باقی است. مار از شکاف همین در به مستراح و از آن‌جا به حیاط و به زندگی ما خواهد خزید. برای پرهیز از نفوذ او به مستراح و به حیاط و به زندگی، درِ مستراح را از پشت قفل کرده و درزهایش را قیراندود کرده‌ایم.

سال‌ها پیش وقتی مادر در کاشان قالی می‌بافته، از مادربزرگ شنیده وقتی مار در خانه‌ای پیدا شود، کشتنش شوم است. شوم‌تر این‌که آدم از آن خانه برود. مار خانگی روزیِ خانه است. مار اگر سیاه باشد آدم سفیدبخت می‌شود.

من نمی‌دانم باید چه کنیم. همه‌ی ما داریم گریه می‌کنیم.

زن و بچه‌ام دیگر خجالت می‌کشند روزی چند بار به خانه‌ی همسایه‌ها بروند. اهل محل کلید خانه‌هایشان را به ما داده‌اند تا برای رفع حاجت اگر هم کسی خانه نبود در مضیقه نباشیم. دسته‌کلیدمان بس‌که کلید دارد مثل دسته‌کلید دزدهاست. اما مردم به ما اعتماد دارند. ما تا به حال به بیشتر مستراح‌های محل رفته‌ایم. بدبختی تابستان‌هاست؛ مردم دارند در حیاطشان غذا می‌خورند که ما درِ خانه‌شان را باز می‌کنیم و به مستراحشان

می‌رویم. بعد که به خانه می‌آییم با سینی برایمان غذا می‌آورند تا دلمان نخواسته باشد.

سفیدبختی مگر همین نیست؟ غذای دیگران را می‌خوریم و در خانه‌ی خودشان قضای حاجت می کنیم. ما دیگر چه می‌خواهیم؟ چرا باز پیر می‌شویم؟

همسایه‌ها آشکارا برای ما دل می‌سوزانند. گاه حتی با ما برای ما گریه می‌کنند. جز این، اما کاری از دستشان ساخته نیست. آن‌ها با مادربزرگ هم‌عقیده‌اند که مار خانگی مهمان خانه است. مهمان، خودش باید برود.

بارها و بارها ما را از ترک یا فروش خانه بر حذر داشته‌اند. می‌گویند اگر بروید مار را هم جزو اثاثیه با خود می‌برید. مار به همان جایی می‌آید که شما می‌روید. مردم نگران آرامش اقوام و آشنایانشان در محلات دیگرند، آن‌ها می‌خواهند مار با ما به جاهای دیگر منتقل نشود.

ما همیشه دوراندیشی آن‌ها را حتی در سخت‌ترین اوقات زندگی‌مان مسئولانه تلقی کرده‌ایم. تعارف هم نکرده‌ایم. خود نیز وقتی کلاهمان را قاضی می‌کنیم به چیزی جز آنچه آن‌ها توصیه می‌کنند نمی‌رسیم. چه باید کرد؟ چه کار دیگری می‌شود کرد؟

مردم انتظار دارند ما همان‌طوری که پیش از ظهور مار زندگی می‌کرده‌ایم، زندگی کنیم. قدیمی‌ترها ما را از زیاد گریستن پرهیز می‌دهند. در نظرشان گریستن در حضور مهمان فقط شوم نیست، خطرناک هم هست. هیچ بعید نیست گریه، مار خانگی را بیازارد.

مار خانگی بزرگ و سیاه است و همان‌طور که روزی می‌دهد، می‌تواند روزی را از حلقوم آدم بیرون بکشد و خود آدم را درسته قورت بدهد.

بعضی معتقدند در واقع چیزی هم نشده است... مستراح البته بخشی از زندگی است، اما حذف آن که نباید زندگی را متوقف کند. در بدترین حالت می‌شود اصلا مستراح را نادیده گرفت.

«این همه مستراح همه‌جا ریخته است، همه‌ی مستراح‌های محل برای قضای حاجت شما آغوش گشوده‌اند.»

«اصلاً فکر کنید انبارک مستراحتان را اجاره داده‌اید، فروخته‌اید... دیگر چه کار دارید؟ با ملک مردم چه‌کار دارید؟»

ما زیاد گریه می‌کنیم. ما زیاد گریه می‌کنیم.

ما راحت نیستیم. در انبارک چسبیده به مستراح ما ماری استراحت می‌کند. او فقط تهدیدمان نمی‌کند، از مستراح هم محروممان می‌کند.

خانه‌ای که مستراح نداشته باشد، گو اتاق و در و پنجره هم نداشته باشد، خانه‌ی بی‌مستراح – اگر اصلاً یافت شود– از بنیاد و نهاد سست است. خانه وقتی حیاط دارد، حوض دارد، درخت و باغچه دارد، آن‌سوتر مستراح هم دارد. مستراح از بدیهیات خانه است. مستراح همه‌ی آرامش‌هاست.

تردیدی نیست. ما عملاً دیگر مستراح نداریم، اما از مستراحمان عکس داریم. در آلبوم عکس‌های خانوادگی دست‌کم سه عکس از مستراح یا مربوط به آن داریم. این عکس‌ها همه موجود است. این‌ها اسناد انکارناپذیر زندگی ماست؛ زمانی بوده که ما زندگی می‌کرده‌ایم و نمی‌گریسته‌ایم. یک‌جا کنج عکس دسته‌ی آفتابه‌ی گوشه‌ی حوض افتاده است. روی حوض تخت چوبی و بر تخت، فرش و بر فرش، سفره‌ی هفت‌سین انداخته شده و دور تا دور گلدان چیده شده است.

در عکسی دیگر نمایی نسبتاً کامل از نیمه‌ی بالایی مستراح خودنمایی می‌کند. در این عکس اقوام زنم (دخترعموها و پسرعمه بزرگه) آن‌سوی حیاط بر منقل ذغالی، بلال باد می‌زنند. در عکسی دیگر دخترم سوار سه‌چرخه کنار دیواره‌ی جانبی

مستراح سرش را به طرف دوربین چرخانده و صورتش مات افتاده. در عکس، دیواره‌ی مستراح خوب و واضح افتاده. کمی از باغچه، پایین عکس، و پنجره‌های آن‌طرف حیاط بالای عکس نمایان است. هوا در این عکس کاملاً آفتابی است.

با دیدن عکس‌ها یاد روزهای خوبی می‌افتیم که آفتابه را سر فرصت از شیر کنار حوض پر می‌کردیم و با فراغ‌بال قدم‌زنان به مستراح می‌رفتیم.

یک جور سرخوشی در این یادها هست که به زحمت می‌شود آن را وصف کرد. ما عکس‌ها را در این سال‌ها بارها و بارها و بارها دیده و گاه از سر شوق گریسته‌ایم. سال‌هایی بوده است که ما - آری- زندگی می‌کرده‌ایم. سال‌ها اینک از آن سال‌ها گذشته است.

زندگی شاید با تماشای عکس‌ها و با یاد سرخوشی‌ها و کمی بردباری، کمی تحمل، کمی خودداری، کمی کم‌خواهی رفته‌رفته پیش می‌رفت، پیش می‌رفت و کم‌کم با آبرومندی تمام می‌شد. چنین نشد... چنین، ولی نشد. چنان شد که دیگر یاد سرخوشی‌ها نیز ما را سرخوش نکرد. شرم ما را له کرد. درد آن‌قدر کش آمد، آن‌قدر کش آمد، که دیگر سرگیجه آورد... آنگاه یأس آمد. سال‌های یأس آمد... سال‌ها اینک از آن سال‌ها گذشته است.

زندگی کی گذشت که ما خبر نشدیم؟ زندگی گذشته است؟ چیزهای گذشته، قطعاً چیزهایی از ما گذر کرده است. ما سال‌هاست که زیسته‌ایم. ما چگونه زیسته‌ایم؟ سال‌ها اینک گذشته است. در این سال‌ها ما زیسته و گریسته‌ایم.

در این سال‌ها، در تمامی این سال‌ها زنم دلشوره داشته است. زنم همه‌ی پریشانی‌هاست.

دلشوره‌های او هنوز که هنوز است —سال‌ها بعد از ظهور مار— حیات خفته‌ی ما را آشفته می‌کند. او مدام -چون سنگی در رود- ما را در آشوب می‌غلتاند. او مدام چیزهایی می‌بیند که نیست. چیزهایی می‌شنود که نیست، چیزهایی حس می‌کند که نیست، که نیست، که نیست.

پشت پنجره‌ی انبارک یک بار احساس کرد چیزی تازه نمایان شده است. این احساس، صرف این احساس، ما را آهسته‌آهسته از خواب بیدار کرد، نم‌نم خیس کرد و کم‌کم در امواج آشوب گم کرد.

چیزی آن پشت در چشمش سفیدی می‌زده که هیچ نمی‌دانسته از خستگی چشم‌های مدام به آن سو دوخته، انعکاس آفتاب تابستانی، یا سایه‌روشن‌هایی باشد که باد در خانه‌های مشجرِ پُرپنجره ایجاد می‌کند.

«هیچ سایه‌ای سفید نیست. هیچ سایه‌ای سفید نیست.»

زنم هنوز که هنوز است نمی‌تواند به یاد بیاورد که از کی، درست از کی آن سفیدی را تازه یافته است. زمستان از پی زمستان گذشته است، برف‌ها از پی برف‌ها باریده و محو شده‌اند و زنم همچنان احساس می‌کرده است شیشه‌ی انبارک از برفک سفیدی می‌زده است.

«تور زده‌اند. پرده‌ی تور زده‌اند.»

تشویش او را رها نمی‌کند. او مدام دل‌آشوبه است. او همه‌ی آشفتگی‌هاست، همه‌ی درهم‌ریختگی‌هاست.

موهای درهم‌ریخته‌اش را خود به یاد می‌آورد که یک‌بار مقابل آینه سرسری شانه می‌کرده است. چنین صحنه‌ای سال‌ها بود که از زندگی ما رخت بربسته بود.

او خود به یاد می‌آورد - کی بوده، کدام فصل بوده، به یاد ندارد- با گیسوان درهم‌ریخته، با دیدگان پف‌کرده مقابل آینه مرا می‌دیده و خطاب می‌کرده است.

من چیزی نمی‌شنیده‌ام، چیزی نمی‌دیده‌ام. زنم خود گواه است - او مرا در آینه می‌دیده است- که سر به زیر داشته و از او بسیار بسیار دور بوده‌ام. زنم همه‌ی آشفتگی‌هاست.

«مار دخترمان را صیغه کرده است.»

من او را نمی‌دیده‌ام، من او را نمی‌شنیده‌ام. من تا کسی را نبینم او را نمی‌شنوم. زنم قسم می‌خورد که مرا دیده است. من او را نمی‌دیده‌ام. من او را نمی‌شنیده‌ام. من تا کسی را نبینم او را نمی‌شنوم. زنم دیگر مرا خطاب نمی‌کرده، گیسوان درهم‌ریخته‌اش را چنگه‌چنگه می‌کنده، پا بر زمین می‌کوفته. با ناخن صورتش را خنج می‌کشیده و زارزار می‌گریسته.

من او را نمی‌دیده‌ام. من او را نمی‌شنیده‌ام. زنم مرا نگاه می‌کرده و می‌گریسته است.

سخت‌ترین توفان‌ها هم سرانجام فرو می‌نشینند. تلاطم همیشه موقت است. باد خسته می‌شود. دریا آرام می‌گیرد. آب صاف می‌شود و قایق آرام‌آرام به پیش رانده می‌شود.

در این سال‌ها - آری- اوقاتی هم بوده که ما گریه نمی‌کرده‌ایم. ما در این سال‌ها قطعاً قدری هم زیسته‌ایم. اوقاتی به خواب رفته‌ایم. زنم هنوز که هنوز است بنا به عادت مدت‌ها به خواب می‌رود. خواب او را گویی می‌رباید و با خود به دوردست‌ها می‌برد. در این اوقات من بیدار می‌مانم؛ ورنه هر دو به آرامی از یاد می‌رویم.

اوقاتی بوده است که فکر کرده‌ایم. ما هنوز هم گاه - گویی در خواب و بیداری- به چیزهایی می‌اندیشیم. این اندیشه‌ها گاه ما را تا عمق هستی فرو می‌برد و در کهکشان‌ها گم می‌کند. آرامش شفافی که شب‌ها در حفره‌ی میان ستارگان پخش می‌شود روح ما را گوارا می‌کند. گاه چنان خنکایی در تنمان می‌دود که یکدیگر را تنگ می‌چسبیم و هماغوش مدت‌ها بر بام غلت می‌زنیم.

اوقاتی نیز-آری- بوده است که به گریز اندیشیده‌ایم. سال‌ها دیگر از این اندیشه‌ها گذشته است. فکر گریز خود دیری‌ست که از ما گریخته است. به کجا گریز کنیم وقتی که هر گریزگاهی مارپیچ، مارپیچ ما را به خودمان باز می‌گرداند؟

ما بارها، بارها و بارها گریخته‌ایم و چند کوچه دورتر - انگار که در خواب و بیداری- به پس‌کوچه‌ها افتاده، خود را پیش خود یافته‌ایم...

ما باید چه کنیم؟ دیگر باید چه کنیم؟ مار خانگی مهمان خانه است. مار اگر سیاه باشد آدم سفیدبخت می‌شود...

«موهایمان سفید شده و دخترمان به خانه‌ی بخت رفته است.»

همه‌ی ما داریم گریه می‌کنیم.

یک بار صبح زود، تاریک روشنا، زنم مرا در آستانه‌ی در مستراح ایستاده دیده است. گویا اذان می‌گفته‌اند. زنم بیدار بوده. باد شب پیش درخت تناور خانه را تکانده و حیاط از شاخه‌های شکسته و برگ پر بوده است. گویا چوبی یا شاخه‌ی شکسته‌ای در دست داشته‌ام و آرام آرام به سمت مستراح می‌رفته‌ام.

«ایستاده بودی، سِحر شده بودی، خشک شده بودی.»

زنم خوب که فکر می‌کند، احساس می‌کند برف هم می‌باریده است. دست‌های من گویا می‌لرزیده‌اند.

«سر تا پای تنت می‌لرزید. سر تا پای تنت می‌لرزید.»

مدت‌ها گویا به همین حال گذشته است. آن چوب، آن شاخه هنوز دستم بوده است.

زنم بیدار بوده و گریه می‌کرده است، برف می‌باریده است، آنگاه گویا نشسته‌ام. شاید هم کمی گریسته‌ام.

«افتاده بودی. در آستانه‌ی مستراح به زانو افتاده بودی. گریه می‌کردی!»

زنم نمی‌تواند به یاد بیاورد که من به مستراح نزدیک‌تر شده باشم. یک بار گفته بود ـ خوب به یاد دارم که گفته بود ـ با چوب، با چوب بزرگی به در مستراح می‌کوبیده‌ام.

«افتاده بودی، شاخه‌ای دستت بود. التماس می‌کردی: آه! آقای مار!...»

زنم بیدار بوده و می‌گریسته است.

امروز جمعه بود

ما را کشتند و خود رفتند ...

آنکه سبیلی کلفت داشت و پشت دستش را خالکوبی کرده بود، گفت: «بزن کنار!» نشنیدم. یعنی شنیدم، ولی آخر بیست، سی‌کیلومتر مانده به کرج. این‌جا هم که نه تقاطعی، نه کارخانه‌ای، نه شهرکی... باز گفت: «بزن کنار پسر! بزن کنار!»

توی آینه نگاهش کردم: «بله؟!»

روی صندلی جلو خم شد و سرک کشید دور و بر جاده را پایید و یواش گفت: « بزن کنار می‌خواییم پیاده شیم.»

پایم روی پدال گاز سست شد و خلاص کردم زدم کنار. گفتم: «نرسیدیم که آخه!»

گفت: «باشه می‌خوام بشاشم.»

مسافری که روی صندلی جلو نشسته بود و با من کشته شد، خندید. مرد در عقب را باز کرد و بیرون رفت و از ما کمی دور شد. دوستش که لاغرتر بود و در صندلی عقب با دسته‌کلیدی بازی می‌کرد، از پنجره‌ی کنارش بیرون را نگاه می‌کرد.

نیمه‌های شب بود و جاده خلوت بود. هوا سرد بود.

آمد. اما از این طرف، از سمت راننده. ما ساکت بودیم. از جلوی ماشین دور زد و همان‌طور که زیپ شلوارش را بالا می‌کشید آمد سمت من. آرنجش را روی لبه‌ی پنجره گذاشت و بعد دست دیگرش را تو آورد و سوییچ را گرداند. ماشین خاموش شد. بعد دستش یواش و سنگین بیرون رفت و سوییچ را توی جیب کتش گذاشت.

فکر می‌کنم همه‌ی جزئیات یادم است، اما این‌که درست همان موقع چه جوری بودم یادم نمی‌آید، از خودم هیچ یادم نمی‌آید.

رفیقش از پشت سرم دشنه‌ای به طرفش دراز کرد. دشنه دسته‌اش سیاه بود و برق می‌زد. مرد خندید: «نمی‌خواد بابا، سر به راهن.»

گفتم، خیلی مودب و آهسته، گفتم: «ببین داداش...» نگاهم به چشم‌هایش افتاد. چشم‌هایش درست مثل دسته‌ی سیاه و لیز دشنه برق می‌زد. هیکلش گنده بود، خیلی‌گنده بود....

می‌دانم، حالا هم می‌دانم که هیچ جوری، با هیچ وسیله‌ای، با هیچ زنجیری نمی‌شد به او حمله کرد یا دست‌کم تکانش داد.

مسافر بغل‌دستی‌ام از جا پرید. آن‌که در صندلی عقب نشسته بود یقه‌ی کتش را چنگ زد و عقب کشید و... تیغه‌ی چاقو را هم

دیدم، اما ضامن را ندیدم که فشار بدهد یا عقب بکشد. فقط تیغه چاقو بود که بیرون پرید: تق!

بغل‌دستی‌ام همان‌طور که سر و گردنش پس کشیده شده و چشم‌هایش گشاد شده بود، رو به مسافر صندلی عقب، از ته حلقوم هق‌هق می‌کرد و سیبکش بالا و پایین می‌رفت: «به ابوالفضل پول شرکته تو جیبم، به قرآن، به مرگ یه دونه بچه‌م...» سیبکش بالا مانده بود و بعد یواش باز پایین آمد: « به قرآن می‌رم کرج فردا بریزم به حساب شرکت، شماره‌شم این‌جاست ...»

مرد گردنش را ول کرده بود و او داشت با تشویش در جیب‌های بغلش دنبال چیزی می‌گشت و هول‌هولکی دفترچه یادداشتی در آورد و همان‌طور که صفحات آن را زیر و رو می‌کرد، من‌من می‌کرد: «به ابوالفضل پول خودم نیست، والله نوکرتونم بودم... » بعد گویا در دفترچه چیزی نیافت و همان‌طور گیج و ترسیده دفترچه را به مردی که در صندلی عقب نشسته بود داد. مرد هم با خونسردی آن را گرفت و در جیبش گذاشت و گفت: «خب حالا چقدر هست؟»

«والله مال خودم نیست.»

«د آخه بگو چقده؟»«بفرمایید، ایناهاش ...» و همان‌طور که می‌لرزید دستش را تا ته توی جیب شلوارش کرد و چند اسکناس بیرون آورد: «ایناها، همه‌اش همینه.»

«اون یکی جیبت.» «اون که دیگه آخه چیزی نیست.» و دست در جیب دیگرش کرد و چند تا اسکناس مچاله‌شده و مقداری پول خرد در آورد و بعد آستر جیبش را هم بیرون کشید.

ماشینی به سرعت از کنارمان گذشت. همه به رد آن نگاه کردیم. بعد یکی دیگر از آن طرف گذشت، و دوباره یکی دیگر از طرف ما. بعد دیگر خبری نبود.

«خب آقا شوفر تو چقدر داری؟»

مردی که بیرون بود و مراکشت، این را پرسید. دستم روی فرمان مانده بود. من این‌جور وقت‌ها یک‌دفعه ویرم می‌گیرد بی‌اعتناء باشم، به هیچ‌چیز فکر نکنم، به مسافرها فکر نکنم، به این‌که کی به مقصد می رسیم فکر نکنم، به این‌که چقدر بنزین دارم فکر نکنم، همین‌جوری بی‌خیال باشم. سرم را یواش گرداندم و به چشم‌هاش نگاه کردم.

«شناختی؟» گفتم: «ببین داداش، من پول و پله ندارم، تو هم که از سبیلات معلومه مردی، بیا و مردی کن و ...»

«دِ حالا مگه ما زنی کردیم؟ حالا چقدر هست؟»

٤٨

گفتم: «ببین داداش...» یقه‌ام را گرفت. دستش خیلی محکم بود. چانه‌ام را روی انگشتانش فشار می‌دادم، اما دستانم... دستانم جلو نمی‌آمدند.

«من داداشت نیستم، روراست مثل بچه‌ی آدم بریز بیرون!»

نمی‌دانم چطور شد، خودم هم نمی‌خواستم، گنگ بودم و همان‌طور گنگ و گیج زدم زیر دستش. دستش تکان نخورد. آمدم شیشه را بالا بکشم که موهایم را چنگ زد و یک مشت پر خورد توی صورتم. یکی دیگر هم خورد. صورتم سر شد و سرم دوران گرفت.

آمدم زنجیر را از زیر صندلی بردارم که چاقو را گذاشت زیر گلویم و سرم از پشت به عقب چنگ زده شد و چاقو جلوتر آمد و نوکش توی حلقومم فرو رفت.

بغل‌دستی‌ام جنب نمی‌خورد. دستی که از پشت سرم را چنگ زده بود، آمد روی دهانم و یک‌هو سرم را عقب کشید. ماشینی تند گذشت و چاقو تا بیخ توی گلویم فرو رفت.

تقلا کردم؛ نه از درد، که از احساس تیغه‌ی چاقو در ته گلویم. مورمورم شده بود. پاهایم از زیر فرمان بالا آمده بود، اما می‌دانستم، در همان حال می‌دانستم که مثل گوسفند دارم دست و پا می‌زنم. خیلی وقت‌ها گوسفندها را که سر می‌برند، دیده‌ام؛

خون که از گردن فواره می‌زند... سر را که بالا نگاه می‌دارند تا خون از چاک گردن راحت‌تر بیرون بزند...

سرم را بریدند، اما قطع نکردند. و بعد... رها شدم. اما هنوز استخوان ساق پایم که به فرمان و به زیر داشبورد می‌خورد، درد می‌کرد.

بغل‌دستی‌ام را که می‌کشتند، صدای عجیبی از خودش در آورد، اما مثل من تقلا نکرد و زود مرد. بعد دیگر نفهمیدم.

لابد مرا به صندلی عقب کشیده‌اند و بغل‌دستی‌ام را هم همان‌جا روی صندلی جلو ولو کرده و ماشین را روشن کرده و آورده‌اند این‌جا روی شانه‌ی خاکیِ نمی‌دانم کدام جاده نگاه داشته‌اند. شاید هم ماشین خودش خاموش شده.

اپل قدیمی من از این بدقلقی‌ها زیاد در می‌آورد؛ با دنده سه اگر یک‌هو به آن گاز بدهند در جا خاموش می‌کند و فقط با هل روشن می‌شود. حتماً همین‌طور هم شده و ماشین وسط جاده مانده و آن‌ها تا کنار جاده هلش داده و ماشین را گذشته و رفته‌اند.

من ساعت نداشتم که بردارند، دخلم هم زیاد نبود. از میدان آزادی سوار می‌کردم تا کرج و دوباره از آن‌جا به آزادی. تا ماشین پر نمی‌شد راه نمی‌افتادم.

امروز جمعه بود و دیر راه افتادم. صبح تا ده خواب بودم. بعد تا طرف‌های ظهر همین‌طوری می‌پلکیدم. بعد دستی‌دستی ماشین را شستم و راه افتادم. این سرویس آخر بود. همین بود که ماشین را پر نکردم، سه تا که سوار شدند راه افتادم.

سرم دارد گیج می‌رود... زنم لابد این وقت شب دیگر بچه‌ها را خوابانده و منتظرم نیست. او می‌داند ممکن است ماشین وسط جاده خراب شود و من تا صبح توی ماشین بخوابم. زنم مرا و این ماشین را خوب می‌شناسد. سرم دارد گیج می‌رود...

آدم وقتی زنش خواب است و درِ خانه‌اش هم بسته است، خیالش راحت است. من الان خیالم راحت است. بچه‌ها خوابیده‌اند. زنم منتظرم نیست، و من و بغل‌دستی‌ام مرده‌ایم.

آدم وقتی می‌میرد فکرش هزار جا می‌رود. مانده‌ام که این‌ها طناب از کجا آوردند، همین طناب‌هایی که با آن‌ها من و بغل‌دستی‌ام را بسته‌اند. وقتی سوار می‌شدند چیزی همراهشان نبود. من هم که توی ماشین طناب نداشتم...

زندگی در میان مردگان

کشتیمش؛ زن همسایه را کشتیم، بی که بخواهیم... دیگر ناله نخواهد کرد. دیگر نخواهد گریست.

او را دیگر نمی‌بینیم. اما قطعاً خوابش را خواهیم دید. او تنها کسی بود که ما گاه در پناهگاهمان می‌دیدیم.

از این مرگ نه کسی خبر خواهد شد، نه اگر بشود چیزی خواهد شد.

هیچ‌کس سراغمان نخواهد آمد. خانه‌ای تاریک در دوردست‌ها که در دسترس هیچ‌کس نیست. هیچ‌کس دستش به ما نمی‌رسد. فریاد ما هرگز به جایی نرسید. فریادرسی هم از راه نرسید.

هیچ راهی به ما نمی‌رسد.

زندگی مدام ما را به حاشیه راند، به حاشیه راند، به حاشیه راند و از حاشیه‌ها به بیرون و از آن‌جا به دوردستِ گم‌گشتگی.

پرنده‌ها هم تا ما بال نمی‌زنند.

ما مدام مرده دیدیم، مرده دیدیم، مرده دیدیم و سرانجام کسی را کشتیم که خود مرده بود.

قتلش نمی‌توان نامید. او خود سال‌ها بود که مرده بود، پوک شده بود، بس‌که گریسته بود.

ما خواستیم همدردانه او را در آغوش بگیریم. حتی یک قطره خون به زمین نچکید. دست که به سویش بردیم فرو ریخت.

او سال‌ها پیش یک‌بار تقه‌ای بر در خانه شنیده، مشتاقانه در را گشوده، شوهرش را حلق‌آویخته بر آستانه دیده، مات مانده، خشکیده، رفته‌رفته در اندوه پوسیده بود.

کتاب‌های شوهرش نیز مانند بسیاری دیگر نزد ما در باغچه پنهان است و لابد سال‌ها از پوسیدنشان می‌گذرد، با این حال ما آن‌ها را نگهبانی می‌کنیم.

دور تا دور خانه‌ی ما تا چشم کار می‌کند قبرهای دسته‌جمعی است، بی‌سنگ قبر و هیچ نام و نشانه‌ای.

صبحگاهان مؤذنان بالای جنازه‌ها اذان می‌گویند، شامگاهان مداحان روضه می‌خوانند. مردگان گریه می‌کنند.

ما را هم بعد از این همه سال مرده می‌پندارند و کسی سراغمان نمی‌آید.

ما را از یاد برده‌اند.

با این حال ما چنان‌که آن روزها، همچنان می‌ترسیم. از دستگیری می‌ترسیم. می‌ترسیم ناگهان به خانه بریزند، همه چیز را زیر و رو کنند و ما را کت‌بسته ببرند.

چه بسا کتاب‌های دوستانمان را که زیر خاک پنهان کرده‌ایم، بیابند.

هر بار که باران می‌آید، روی باغچه را با روکش ضدآب می‌پوشانیم تا کتاب‌ها نم نکشند. باران که قطع می‌شود روکش را بر می‌داریم.

روکش که همیشه روی باغچه باشد شک‌برانگیز است. ما احتیاط را با وجود گذشت این هم سال و این همه مرگ از دست نمی‌دهیم.

ما مدام می‌ترسیم، مدام می‌ترسیم، مدام می‌ترسیم به خانه بریزند ما را ببرند.

ترس ما را محتاط می‌کند. زندگی محتاطانه در میان مردگانی که زندگانی مانند ما بودند، ما را تاکنون در این دوردست زنده نگه داشته است.

دلخوشیم به سرودها و آوازهایی که مردگان گاه نیمه‌های شب که نوحه‌خوان‌ها و روضه‌خوان‌ها خفته‌اند، می‌خوانند و قدری امید در زندگی می‌پاشند.

این امید در این دوردستِ دور ما را سرپا و منتظر نگه می‌دارد، ببینیم روزی آیا باز زندگی از میان این همه مرگ به زندگان باز می‌گردد.

او

سال‌ها پیش، در بحبوحه‌ی دهه‌ی وحشت شصت، درحال فرار
از دست تعقیب‌کنندگان، سرگردان در اتوبوس‌ها و خرابه‌ها و
پارک‌ها، در خیابان‌ها و کوچه‌ها گیج می‌خورده، تا این‌که
سرانجام بی‌خوابی‌کشیده و گرسنه به خانه‌ای می‌رسد که روزها
دنبالش می‌گشته.

به خانه وارد می‌شود.

روز بعد طبق قرار آن خانه را ترک می‌کند تا یک رابط نشانی
خانه‌ای دیگر را برای پنهان شدن به او برساند.

اما هنگامی‌که در خیابان راه می‌رفته، کسی شروع می‌کند با او راه
رفتن...غریبه بدون این‌که به او نگاه کند، می‌گوید: «خانه‌ای که به
آن مراجعه کردی تحت نظر است و دارند تو را تعقیب می‌کنند.
هفته‌ی قبل هم فردی که به این خانه آمد، تعقیب شد.» و می
رود، بی آن‌که به او نگاه کند.

او می‌رود و می‌رود و می‌رود، بی‌آن‌که بداند فرد غریبه رابط او
بوده یا تعقیب‌کننده‌ی او...

گیج و منگ می‌ایستد. نگاهی به دور و بر می‌کند. هیچ‌چیز مشکوکی نمی‌بیند، اما دلش شور می‌زند. حالش به‌هم می‌خورد. استفراغ می‌کند. نفسی تازه می‌کند و تصمیم می‌گیرد به‌ناچار به خانه‌ای‌که آن را ترک کرده، باز گردد.

باز می‌گردد و نزدیک خانه در جا خشک می‌شود؛ مأموران کوچه را بند آورده و خانه را محاصره کرده‌اند... ترسیده بر می‌گردد. به خیابان می‌رسد.

از روبرو غریبه‌ای‌که کنار او شروع به راه رفتن کرده بود، با کلتی در دست ظاهر می‌شود. وقتی از کنارش عبور می‌کند می‌گوید: «عرض نکردم؟!»... و بی‌آن‌که به او نگاه کند می‌رود.

او دیگر نمی‌داند به کدام سمت برود؛ چشمش به سنجابی می‌افتد که فرز و چالاک از درخت بالا می‌رود، بی‌آن‌که به او نگاه کند.

گیج و منگ به سمت درخت می‌رود و می‌کوشد از آن بالا برود، اما نمی‌تواند...

لختی به تنه‌ی آن خیره می‌شود و نومیدانه سرش را به آن می‌کوبد.

چند برگ خشک به زمین می‌افتد.

برای وصل شدن به زندگی ...

قطع شده از رابطه، مضطرب و تنها، در چنبره‌ی تردید و ترس، در محاصره‌ی دائمی مرگ، در انتظار تماس و اشتیاق اجرای یک قرار، برای وصل شدن به زندگی ...

همه چیز مبهم بوده و از هیچ‌کس خبری نبوده و او نباید می‌رفته، نباید سر قرار می‌رفته، اما کجا باید می‌رفته، اگر نمی‌رفته؟ با گیجی و منگی، با بلاتکلیفی و سرگردانی چه می‌کرده؟ ...

مشوّش و گیج سر قرار رفته.

قرار بوده در خیابانی فرعی سوار ماشینی شود که روبروی میوه‌فروشی، پشت وانت باری، پارک شده بوده؛ او صندلی پشت با چند پاکت میوه منتظرش نشسته بوده...

سوار می‌شود و کنارش می‌نشیند، اما نمی‌فهمد که او را از زندان سر قرار آورده‌اند...

او قیافه‌ای درهم و مضطرب داشته، اما نفهمیده از خستگی کار و بی‌خوابی بوده یا اضطراب دستگیری.

ترسیده و محتاط به نظر می‌رسیده...

موقع سوار شدن راننده را کمی مشکوک یافته، ولی اهمیت نداده. به محض سوار شدن با شوق و ذوق با او سلام و روبوسی کرده و در فرصت بسیار کمی که داشته به او رسانده که دیگر هیچ خانه‌ای امن نیست و هیچ قراری نباید اجرا شود...

او در سکوت به اخبار گوش داده، در حالی‌که چشم‌هایش مات و وق‌زده به جلو دوخته شده بوده و زیر پلک چپش می‌پریده.

نگاه راننده به بیرون بوده و گویا پوزخند می‌زده.

او از ماشین پیاده شده و ماشین رفته، اما خود او کجا رفته، کسی نمی‌داند.

یک ماهی بعد از آن‌که خبر اعدام او را از مادرش گرفته، ناپدید شده...

چند ماه بعد ماهیگیری از دوستان کودکی او در سواحل مازندران گفته تقریباً مطمئن است که او بوده که صبح زود زیر باران رو به دریا می‌دویده و می‌گریسته.

از آن پس او هم دیگر او را ندیده.

خوابم نمی‌بَرد، دیگر خوابم نمی‌بَرد

خوابم نمی‌بَرد، دیگر خوابم نمی‌بَرد:

ردی که دیده بودم تکرار مشکوک صحنه‌ای بود که هفته‌ی قبل دیده بودم؛ در خیابانی خلوت موتورسواری آرام از من عبور کرد و کمی جلوتر توقف کرد، دستش را توی جیبش کرد و نشسته روی موتور بی‌حرکت ماند.

چه باید می‌کردم؟

برمی گشتم، شک‌برانگیز بود. توقف... شک‌برانگیزتر بود.

کمی سرعتم را کم کردم تا ببینم چه می‌کند... از جایش تکان نمی‌خورد. مانند مجسمه سر جایش نشسته بود...

خیابان خلوت بود. پرنده پر نمی‌زد، اما چه بسا پشت هر درِ بسته‌ای کمین کرده بودند و یک‌باره درها را می‌گشودند و به سرم می‌ریختند...

به راهم ادامه دادم و به او که رسیدم آهسته از کنارش گذشتم. هیچ حرکتی نکرد. از او به ظاهر خیلی بی‌خیال عبور کردم، ولی هر لحظه هراسان منتظر بودم از پشتِ سر به شانه‌ام بزنند و بگوید: «برادر ...» و دستگیرم کند، ولی نکرد. هیچ نگفت و هیچ نکرد.

برای دستگیری معمولاً دو یا چندنفره اقدام می‌کنند، اقدام یک‌نفره بیشتر جنبه‌ی ترور روانی دارد و برای آزمودن واکنش طرف مقابل انجام می‌شود.

طولی نکشید که با سرعت از کنارم گذشت. آیا خود او بود؟ اما چرا دو تَرک؟ نفر دوم کِی و کجا سوار موتور شد؟ ندیدم دری باز و بسته شود و نشنیدم کسی از جایی بیاید و سوار موتور شود...

به محل قرار که رسیدم زود دور شدم؛ او نیامده بود و مشتریان میوه‌فروشی به محض ورود من حرکتی نامحسوس کردند و بر جای ثابت ماندند... قرار قطعاً لو رفته بود.

او قرار قبلی را اجرا نکرده و علامت سلامتی هم نداده بود و قرار جایگزین دوم قاعدتاً نباید اجرا می‌شد، اما من آن را اجرا کردم، چون می‌خواستم مطمئن شوم ردی که دیده‌ام چقدر جدی بوده است. مشّوش بودم و می‌خواستم ببینم چیزی که دیده بودم، آیا قطعاً دیده بودم!

این کار مطابق نکات احتیاطی تعقیب و مراقبت غلط بود، اما می‌توانست کمی اعصابم را راحت کند. ولی به جای این‌که راحت شوم، مشوّش‌تر شدم، چون مطمئن شدم که در تورم...

پس چرا دستگیرم نمی‌کردند؟ چرا دست‌دست می‌کردند و کار را یک‌سره نمی‌کردند؟ می‌خواستند بقیه‌ی رابط‌هایم را کشف کنند؟ می‌خواستند از طریق من عده بیشتری را در تور بیندازند، یا این‌که دنبال سرنخ‌های دیگری بودند؟...

به خانه برنگشتم. حالا دیگر یقین داشتم که دور و بر خانه کمین کرده‌اند.

موقعیتی نادر و بغرنج که کمتر کسی آن را تجربه کرده است.

هیچ‌جا برای رفتن نداشتم. نه کسی منتظرم بود، نه من منتظر کسی بودم. هیچ قرار و مداری هم نداشتم. آیا باید باز علامت سلامتی می‌دادم؟ اگر می‌دادم آیا تأیید نمی‌کردم که اوضاع عادی است؟ تازه به کی خبر می‌دادم؟ آیا کسی مانده بود؟ آیا من آخرین نفر نبودم؟

آدم وقتی گیج و سرگردان است و در گریز است و هیچ‌جا برای رفتن ندارد و حتماً باید برود، کجا می‌رود؟

دو روز با اتوبوس‌های خطوط مختلف در مسیرهای گوناگون سپری کردم تا روز شب شود، ولی شب گرسنه و خسته و منگ کجا باید رفت وقتی حتی در پارک‌ها هم بسته است؟

از روی نرده‌ها به داخل پریدم. شب قبل هم چنین کرده بودم.

لابه‌لای درخت‌ها از فرط خستگی سرم را به تنه‌ی یکی تکیه دادم. زمین سرد بود، نمی‌شد خوابید. ایستاده هم نمی‌شد. کنار درخت چمبک زدم. درخت بود؟ احساس می‌کردم کنار یک آدم چمبک زده‌ام. آیا داخل پارک بودند؟

بعد چه شد، نمی‌دانم...

خوابیدم یا مُردم، نمی‌دانم...

مستراح

خانه‌ی ما سر نبش یک جاده‌ای خاکی دورافتاده است.

جاده‌ی شنی که درست چسبیده به خانه‌ی ماست محل گذر تریلی‌ها و کامیون‌ها است. تک‌وتوک ماشین شخصی هم از آن عبور می‌کند.

خانه‌ی ما قبلاً مستراح قهوه‌خانه‌ای متروک بوده که بعدها چاهش پر شده، خرابش کرده‌اند، رویش را کلنگی ساخته‌اند و چون ارزان بوده پدرم خریده و ما همه را -با همه‌ی امیدها و آرزوهایمان- در آن چپانده.

ما از همه چیز دوریم؛ مدرسه با ما هشتاد کیلومتر، پمپ‌بنزین صد و درمانگاه صدوپنجاه کیلومتر فاصله دارد. نزدیک‌ترین شهر شهرکی است در هشتادوپنج کیلومتری ما.

چون خانه‌ی ما درست برِ جاده است همیشه در معرض تصادف است. یک کامیون یا تریلی با کمی انحراف می‌تواند خانه‌ی کلنگی ما را در هم بکوبد.

هر بار عبورشان از کنارمان خانه را می‌لرزاند.

مشکل ما از سال‌ها پیش رانندگانی‌اند که شب‌ها در را می‌کوبند تا به مستراح بروند.

ما بارها به آن‌ها تذکر داده‌ایم که این‌جا زمانی مستراح بوده و حالا ملک شخصی است، به خرجشان نمی‌رود.

هیکل رانندگان تریلی درشت است و ما خُردیم.

آن‌ها خسته و کوفته و گاهی مست در را می‌کوبند و ما ناچار باز می‌کنیم و آن‌ها یک‌سر به مستراح می‌روند.

این وضعیت دردناک است؛ ما خانه داریم، اما خواب و آرام نداریم. چون یک مستراح داریم که سر راه کسانی واقع شده که می‌خواهند قضای حاجت کنند.

آن‌ها می‌توانند ما را با تریلی ویران کنند، اما رحم می‌کنند و نمی‌کنند، نیمه‌های شب تریلی را بااحتیاط جلوی خانه‌مان نگه می‌دارند و در حالی‌که موتور پرصدا و چراغ‌های پرنورشان روشن است پیاده می‌شوند، در را می‌کوبند و به مستراح می‌روند، بیرون می‌آیند سیگاری روشن می‌کنند، سرفه‌کنان می‌کِشند، بعد سوار می‌شوند، می‌روند.

ما در حالی‌که با بچه‌هایمان خوابیده‌ایم از دیدن سایه‌های عظیمشان روی دیوار وحشت می‌کنیم. بچه‌هایمان مدام کابوس می‌بینند.

چند بار خواستیم در را باز نکنیم، اما با بوق شیپوری کامیون‌ها از جا جهیدیم و در را گشودیم.

به علت نیاز به مستراح، ما یک بار کوشیدیم قهوه‌خانه‌ی قدیمی را احیاء کنیم و تابلو هم زدیم، اما حتی یک نفر حاضر نشد آن‌جا چای بنوشد یا اتراق کند. همه فقط به مستراح می‌رفتند.

یک‌بار که از بی‌خوابی به‌شدت رنج می‌بردیم به راننده‌ی لندهور کامیونی پریدیم و با او سینه‌به‌سینه شدیم. او هم هلمان داد و در حالی که کمربندش را باز می‌کرد، گفت: «می‌خوایین زیر کامیون لهتون کنم یا برم مستراح خودمو خالی کنم؟»

ما چیزی نگفتیم، چون نمی‌خواستیم له شویم.

از ما که گذشت، اما ما نگران آینده‌ی فرزندانمانیم.

اکبر فلاح‌زاده

جسد ما را زیر یک پل پیدا کردند

جسد ما را زیر یک پل پیدا کردند. به گفته‌ی یک شاهد ده، دوازده ساعت قبل از آن ناپدید شده بودیم.

او آخرین کسی بود که ما را دید، اما انگار نه انگار که دیده، بس‌که چون ما دیده؛ سرش را پایین انداخت تا رد شویم تا نبیند خون از سر به صورتمان می‌چکد و پیراهن پاره پوره‌مان را خونی می‌کند.

آشغال‌جمع‌کن‌های خیابانی، در جیب‌های لباسمان چیز درخوری نیافتند.

پلیس هم سر تا پایمان را ورانداز کرد و جز اندوه چیزی نیافت.

چون کارت شناسایی نداشتیم ما را هم «اندوه بی‌هویت» پروتکل کردند. انداختندمان روی تل جسدهای کسانی که دنبال لقمه‌ای نان و کمی آزادی تاریک‌روشنا از خانه‌ای تاریک در کوچه‌ای باریک بیرون می‌آیند، سرانجام سرگردان، لگدمال، خونین و مالین و ناپدید می‌شوند.

گاهی از میان تل امیدها و آرزوهای بر باد رفته‌ی ما نوای دردناک آوازهای گمشده شنیده، و تک‌وتوک چیزی ریز مانند جوانه‌ای سبز دیده می شود که -به خون آغشته- مانند پرچمی از میان رنج و اندوه‌مان سر برمی‌زند.

خروسی در دوردست‌ها می‌خوانَد که بانگش میان شیون مادران گم می‌شود.

یعنی من دزدم؟

نمی‌دانم چرا هر که مرا می‌بیند فکر می‌کند دزدم. کجای من شبیه دزدهاست؟

موهای سیاه مجعد و چشم‌های نسبتاً درشتی دارم که با بزرگی دماغ پت و پهنم تناسب دارد. قدم نه کوتاه نه بلند است و تا حدودی چاقم. این یعنی دزد؟! دزدها این شکلی‌اند؟! چرا مردم این‌جوری نگاهم می‌کنند؟

توی مترو بغل هر کس می‌نشینم زود خودش را جمع‌وجور می‌کند و کیف دستی‌اش را سفت می‌چسبد.

یک بار پیرزنی نسبتاً مرفه سوار شد، خواستم جایم را روی صندلی مترو محترمانه پیشکش کنم، گفت: «خیلی ممنون، تشریف داشته باشید!»

خیلی به من برخورد. نکند خیال کرده بود در کش‌وقوس همین نشست و برخاست می‌خواسته‌ام کیف، ساعت گران‌قیمت یا گردن‌بندش را کش بروم. نمی‌دانم.

این‌همه بی‌اعتمادی مردم به من فقط مشکوک نیست، دردناک هم هست.

من البته به لباس مردم، به وسایلشان نگاه می‌کنم. نمی‌دانم چرا. نگاهم می‌گردد به آن طرف. قبل از آن‌که به چشم‌هایشان بنگرم به وسایل همراهشان خیره می‌شوم. احتمالاً همین مشکوک جلوه می‌کند.

من فکر می‌کنم مردم همه شبیه همند، فقط وسایلشان فرق می‌کند؛ کیف، محتوای کیف، جیب، جیب بغل، بخصوص کیف پولشان. این‌هاست که مردم را از هم متمایز می‌کند؛ وگرنه مردم بیش‌وکم یکسانند.

من نمی‌توانم از چیزی که به چشمم می‌خورد زود چشم بگردانم. کیفی که درش باز است یا کیف پولی که گوشه‌اش به طرزی تحریک آمیز از جیب بیرون زده توجهم را جلب می کند. همین جلب توجه، توجه را جلب می‌کند و سبب می‌شود مردم خودشان را جمع‌وجور کنند و از من فاصله بگیرند.

انزوای من از همین فاصله‌گیری‌هاست، مردم مرا به درون خودم می‌رانند و وقتی من از چنبره‌ی خودم به آن‌ها می‌نگرم آن‌ها از شکل نگاهم نگران می‌شوند که احیاناً من قصد سوئی دارم.

بی‌کاری و تنهایی و انزوا و افسردگی چهره را پژمرده و نگاه را خسته و خیره می‌کند و وقتی آدم به چیزی خیره می‌شود کمی طول می‌کشد تا چشم از آن بردارد.

مدام سوءظن ایجاد می‌شود و این سوءظن‌ها باید فوراً رفع شوند، اما متأسفانه فرصت کافی نیست. چند دقیقه صرف وقت در مترو، اتوبوس، یا فروشگاه برای رفع سوءظن‌ها کافی نیست.

شهر ما در این کشور غریب خیلی کوچک است و مردم همدیگر را می‌شناسند. مردم مرا بارها دیده‌اند که هنگام خروج از فروشگاه بازرسی بدنی شده‌ام. این رویدادها در یاد مردم مانده و به این زودی‌ها پاک نمی‌شود.

صاحبان و کارکنان و مأموران و دزدگیرهای فروشگاه‌ها مرا می‌شناسند. دوربین‌های فروشگاه‌ها همه‌ی حرکاتم را ضبط و ثبت کرده‌اند و فیلم‌ها را می‌شود عقب و جلو برد و مرا تعقیب کرد و دید که چگونه یک تکه نان دراز را زیر کتم می‌گیرم و هنگام وارانداز کردن قفسه‌ها تکه‌تکه از آن می‌کَنم و به دهانم می‌گذارم.

این صحنه‌ها دیده شده و من همین که وارد فروشگاهی می‌شوم یک‌راست می‌روم زیر ذره‌بین. دیگران را می‌بینند، اما مرا می‌پایند.

بارها شده که هنگام خروج از فروشگاهی زنگ خطر به صدا در آمده و مرا نگه داشته و گشته و چیزی نیافته‌اند.

نمی‌دانم چرا من که از در فروشگاه خارج می‌شوم، زنگ به صدا در می‌آید.

روزگاری وقتی به زورخانه وارد می‌شدیم زنگ می‌زدند، حالا هنگام خروج زنگ می‌زنند.

آن سال‌ها پی کتاب و اعلامیه بدن را می‌گشتند، حالا دنبال یک آبنبات ناقابل برای دختربچه‌مان.

ما پول سنگینی به قاچاقچی بدهکاریم و این‌جا خرج گران است. چرا این‌ها نمی فهمند. این یعنی دزد؟!

من هر جا فروشگاه می‌بینم، می‌خواهم بروم تو. بیشتر از مواد خوراکی، لباس‌ها نظرم را جلب می‌کنند. تماشاکنان در فروشگاه می‌گردم و وقتی سرم را بر می‌گردانم، دو تا قلچماق پشتم می‌بینم که سایه‌به‌سایه تعقیبم می‌کنند. چرا؟

من ایرانی‌ام. به آنها گفتم. اما نمی‌دانم چرا حالیشان نیست. مشکل ما زبان است، زبان. کسی زبان ما را نمی‌فهمد.

گفتم نمی‌دانم چرا این شلوار پای من است. احتمالاً خواسته‌ام آن را روی شلوار مندرسم پرو کنم، حواسم جای دیگری بوده یادم رفته آن را در آورم سر جایش بگذارم. این یعنی دزدی؟! این یعنی من دزدم؟!

من ایرانی‌ام. دوهزار و پانصد سال تاریخ پشتم است. یک‌چهارم دنیا مال امپراطوری ما بوده، آن‌وقت این‌جا در پناهندگی به خاطر یک شلوار یا دو مثقال آب‌نبات سنگ روی یخمان می‌کنند.

مرا با آن تمدن شکوهمند این‌جا دراز می‌کنند و یک مشت زبان‌نفهم کیف و جیب‌ها و حتی جوراب‌هایم را می‌گردند. هیچ‌کس هم نمی‌آید کمک.

مشکل ما ایرانی‌ها این است که با هم اتحاد نداریم. داشتیم، این‌طور نمی‌شد.

اقامتگاه پناهندگی ما همین نزدیکی‌هاست. ما تازه آمده‌ایم. کسی را نمی‌شناسیم، اما خیلی‌ها ما را می‌شناسند.

مرا دیگر فروشگاه راه نمی‌دهند. باید کسی را پیدا کنم برایمان خرید کند. مشکل اما زبان است. کی را پیدا کنم قابل‌اعتماد باشد؟

امام‌جمعه گم شده است

آن سایه‌ای که از دور پیدا شد و کمرنگ شد، ناپیدا و باز پیدا شد، امام‌جمعه نبود.

امام‌جمعه نه چنان وزین بود، نه چنان معیوب که تراکتور مش‌باقر بود که پشت تپه بالا و پایین می‌رفت.

سایه‌ای بزرگ‌تر هم که نزدیک و نزدیک‌تر می‌شد و هی کژ و مژ می‌شد، امام‌جمعه سوار خرش نبود؛ کامیون لکنته‌ی ده بالا بود که بارش هندوانه بود.

امام‌جمعه این‌طورها نبود: اُس‌وقُسش درست بود و می‌خواست زنش هم چفت‌وبستش سفت باشد و حتماً حتماً سفید باشد. او همه جا چشمش دنبال زن سفید بود.

معتقد بود زن اگر سفید نباشد، زن بشو، یعنی زن آدم بشو نیست. نشان به آن نشان که سه تا دختر کک‌مکی عمه را فقط صیغه کرد، پیردختر سیه‌چرده کدخدا را هم زیر بار نرفت عقد کند، صیغه‌اش کرد تا حرام نشود، ثوابی کرده باشد.

امام‌جمعه خودش این‌جا بود دلش جای دیگر. خودش باید جایی همین جاها می‌بود. کجا را داشت برود؟

صبح به این زودی امام‌جمعه یا باید در حمام غسل می‌کرد یا قصد مسجد می‌کرد نماز بگذارد.

پیدایش اما نبود.

خروس خوانده و مؤذن اذان گفته و چوپان‌ها گوسفندها را به چرا راهی کرده بودند و آفتاب دیگر داشت به بالای آسمان می‌رسید اما از امام‌جمعه خبر نبود، نبود که نبود.

تا این‌که فریاد مش‌رجب که بار هیزم به خانه‌ی امام‌جمعه می‌برد، ناگهان از دور در همه ده پیچید: «امام‌جمعه گم شده.   آهای اهالی! امام‌جمعه گم شده...»

زنان امام‌جمعه جیغ‌کشان و توی سر زنان بیرون ریختند.

***

هوا که روشن‌تر شد همه هر جا پی امام‌جمعه می‌گشتند؛

زن‌هایش همه سوراخ‌سنبه‌های خانه را گشتند، نیافتندش.

مش‌عباس رفت سراغ ردیف درخت‌های نارنگی‌اش که سخت مورد علاقه‌ی امام‌جمعه بود و گاهی به هوای سرکشی به آن‌جا سر می‌زد و کیسه‌اش را پر می‌کرد؛ کسی آن‌جا نبود.

حسین‌آقا بقال محل رفت در انبارش را باز کرد، پشت گونی‌های برنج آلبالوخشکه انبار کرده بود که امام‌جمعه دوست داشت و هر وقت به مغازه می‌آمد، به بهانه‌ی سرکشی به آن‌جا می‌رفت و جیب‌های عبایش را پر می‌کرد؛ کسی آن‌جا پنهان نبود.

در پستوی خانه‌ی ننه‌قمر پشت دبه‌های ترشی هم کسی پنهان نبود. امام‌جمعه در بچگی با ننه‌قمر آن‌جا قایم می‌شدند.

بالای درخت توت خانه‌ی کدخدا هم نبود که در بچگی همیشه مثل گربه از آن بالا می‌رفت.

در کفترخانه‌ی کریم کفترباز هم نبود که از بچگی عاشق کبوترهای سفیدش بود.

مش‌داود در انبارک کاه طویله‌اش چیز سیاهی دید که تکان می‌خورد و به امام‌جمعه می‌زد، ولی خوب‌تر که چشم انداخت سایه‌ی دسته‌کلنگ آویخته از سقف بود که در باد می‌لرزید.

همه‌ی سوراخ‌سنبه‌های مسجد را گشتند، مستراح و انباری مجاورش را هم خوب زیر و رو کردند، چیزی نیافتند.

در حمام هم نبود.

آسیابان هم او را ندیده بود.

پاسگاه ژاندامری هم هیچ گزارشی دریافت نکرده بود.

خبر گشت و گشت و گشت تا خورد به گوش جواد شاگرد شاطر نانوایی که داشت تنور را آتش می‌انداخت. تا شنید از جا پرید و دوید.

او ده بالا در خانه‌ی عمویش ماده‌خر جوانی داشت که امام‌جمعه سخت دوستش می‌داشت، بس‌که سفید بود و تنش نرم بود و امام جمعه که صورتش را به گونه‌هاش می‌چسباند از گرمای مطبوعش حظ می‌برد، حظی که از هیچ‌کدام از زنانش نمی‌برد.

جواد دوید و دوید و دوید تا به خانه رسید، به طویله دوید، خر نبود.

فریاد جواد ده را لرزاند: «خرمان گم شده، اهالی خرمان گم شده.»

***

امام‌جمعه خر را می‌خواست، خر هم امام‌جمعه را می‌خواست. امام‌جمعه هفته‌ای نبود که به بهانه‌ای به ده بالا نرود و خر را

نبیند. بارها خواست خر را بخرد، اما پدر و عموی جواد زیر بار نمی‌رفتند چون بی‌خر می‌ماندند و به خر عادت داشتند.

چند بار هم عمو رفت و آمد مکرر امام‌جمعه و دیدارهای طولانی‌اش با خر را مشکوک یافته بود: چرا امام جمعه هر بار که برای سرکشی به ده بالا می رفت به خانه‌ی آن‌ها و یک‌راست به طویله می‌رفت؟ این هیچ، این چی که خر تا امام‌جمعه را می‌دید روی کاه‌ها غلت می‌زد؟

از ترس آبروریزی در محل و میان اهالی صدایش را در نیاورده بود اما درونش منقلب بود. شنیده بود در قندهار تجاوز به خری شده بود و حیوان دمش را پایین نمی‌انداخت. صاحبش به ریش خود تف انداخته از ترس حرف مردم الاغ را در کوهستان رها کرده بود تا نصیب حیوانات درنده شود.

هر بار که امام جمعه می آمد و می رفت به طویله می رفتند و به دم خر نگاه می انداختند.

***

امام جمعه خر را برده بود به آنجا که باید: به کلبه‌ای دور افتاده میان بیشه های چندین و چند آبادی آنطرفتر که از پدر بزرگش به جا مانده بود و امام جمعه سالی یک بار به آنجا می‌رفت، کناره

رودخانه‌اش دور از عالم و آدم قلیانش را چاق می‌کرد و یک بست جنس اعلا هم قاطی توتون می کرد می کشید.

حالا خیالش راحت بود: خر کنارش بود و لازم نبود به او فکر کند. می‌توانست همانطور که به چشمهای درشت سیاهش نگاه می‌کرد پوست سفید نرمش را که مثل مخمل بود نوازش کند و نترسد مزاحمی سر برسد عیشش را خراب کند.

چقدر این پوست سفید بود، چقدر نرم بود، چقدر گرم بود. عشق مگر چیز دیگری است جز این لطافت و نرمی و گرمی.

امام جمعه به صرافت افتاد آیه‌ای بخواند خر را صیغه کند، اما به خودش گفت صیغه دیگر چه صیغه‌ای است.

یک پک عمیق دیگر به قلیان زد و با خرش رفت به عالمی دیگر.

با او غلت زد، او را نوازش کرد، بوسید و کنارش خوابید. صبح آفتاب نزده جای نماز پاشد کمی کاه و یونجه برای خر ریخت و برای خودش چای دم کرد، قلیان را باز چاق کرد، یک بست اعلای دیگر هم سر زغال گذاشت و یک نعلبکی چای داغ لب سوز هورت کشید و پشت بندش پکی به قلیان زد و خر را نوازش‌کنان باز به عالمی دیگر رفت:

گفت دم را غنیمت است. گور پدر آن عالم. عشق را عشق است،
هر چه بادا باد. با یک دست خر را نوازش می‌کرد، با دست
دیگرش قلیان را چسبیده بود پک می‌زد. چنان سر کیف بود که
حال خودش را نمی‌فهمید.

چشمش به دم خر افتاد که تکان می‌خورد. خودش را سر داد
پایین، دم خر را بالا گرفت و یک باره گر گرفت، هوسی دلش را
آتش زد. زود دست بکار شد. بساط قلیان و چای را کناری زد،
عبایش را کند و داشت دست به کار می‌شد که چشمش به
چشمان خر افتاد: داشت گریه می‌کرد. امام جمعه دلش سوخت،
جلوتر رفت: اشک را در چشم خر دید و چشم خودش هم تر
شد.

دو روزی بود که با خر دور بود و در عالمی دیگر بود. اما تا کی
می‌توانست در این عالم بماند. دیر یا زود پیدایش می‌کردند و
آبرویش می‌رفت.

آیا گمراه شده بود؟

"ای کرده مرا به عشق گمراه تمام

بر نایدم از ضعف همی آه تمام" (مسعود سعد)

جای تامل نبود. پس بساطش را جمع کرد و خر را پیش انداخت
به سمت آبادی:

" ز درد ما حریفی باشد آگاه

که او نبود ز راه عشق گمراه" (عطار)

از کله سحر تا دمدمای غروب در راه بود و هنوز کله آبادی پیدا
نشده بود که دید اهالی با چماق و بیل به سمت او و خرش
دوانند.

ترسید، اما نه چنان که مرسومش بود ورد خواند نه دعا.

خر دلش را گرم می‌کرد. او را نوازش کرد، چشم در چشمان
سیاهش دوخت و منتظر ماند تا چوب به دستها برسند.

جنده

کوچه‌ای باریک و تاریک ته میدان شوش:

جنده آمد.

ما بچه‌ها با تیرکمان‌هایمان را که دید، تند کرد.

دنبالش کردیم.

دوید رفت خانه‌ی حاجی. پشت سرش قلوه‌سنگ‌هایمان خورد به در خانه.

کمین کردیم.

نیم ساعت نشد که در باز شد، حاجی که عرق‌گیر تنش بود با چوب بیرون آمد.

ما در رفتیم، پشت درخت کمین کردیم.

جنده پشت سر حاجی بیرون آمد، چادرش را درست کرد، تند رفت... رفت... رفت خانه‌ی آمیرزا.

اکبر فلاح‌زاده

از دور با تیرکمان سنگ پراندیم، بهش نخورد. صبر کردیم.

یک ماشین سفید سر کوچه ایستاد.

کمی بعد جنده از خانه‌ی آمیرزا بیرون آمد. چادرش را درست کرد. دنبالش کردیم... تند کرد. هُو اش کردیم. سوت زدیم. سنگ پراندیم، از بغلش رد شد.

نزدیکش که رسیدیم، برگشت، گریان گفت: «پدرسگا، مگه خودتون خواهر مادر ندارین!»

هُو اش کردیم. دنبالش دویدیم.

تا خواستیم بهش برسیم چادرش را بکشیم، به ماشین رسید. سوار شد رفت.

شب که شد، خسته و گرسنه برگشتیم خانه‌هایمان.

پدر و مادرهایمان مرده یا مریض بودند.

برادرهایمان زندان بودند.

خواهرهایمان رفته بودند، دیگر نیامده بودند.

جلوی خانه ما یکی مرده بود

جلوی خانه‌ی ما یکی مرده بود. ما را بردند کلانتری؛ همه‌ی ما را، حتی مادربزرگ و بچه‌هایمان را.

آن‌جا گفتیم ما مرده را نمی‌شناسیم و نمی‌دانیم چرا آن‌جا مرده.

اثر انگشت همه‌ی ما را گرفتند، ولمان کردند.

از آن پس هر از چندی من یا زنم یا هر دو را احضار می‌کردند برای بازپرسی.

ما جوابمان همیشه یکی بود: ما او را نمی‌شناسیم، هیچ آشنایی قبلی با او یا کس و کار او نداریم و نمی‌دانیم چرا آن‌جا مرده.

حرف‌های ما را هر بار پروتکل می‌کردند و امضا می‌کردیم، می‌آمدیم خانه.

چندی که گذشت یکی دیگر هم جلوی خانه‌مان مرده یافت شد.

ما را باز بردند کلانتری و این بار بازپرسی‌ها طولانی‌تر بود و علاوه بر اثر انگشت، خون‌گیری و آزمایش ادرار هم خواستند و ما باز تاکید کردیم که مرده را نمی‌شناسیم و اصلاً نمی‌فهمیم چرا مردم می‌آیند جلوی خانه‌ی ما می‌میرند.

بازپرسی‌های متوالی و بخصوص پچ پچ همسایه‌ها چنان کلافه‌مان کرد که تصمیم گرفتیم خانه را بفروشیم، برویم جایی دیگر.

مشکل این بود که کسی خانه‌ی ما را نمی‌خرید. ما آن را حتی ارزان‌تر از قیمت به بنگاه محل سپردیم، با این‌حال او هیچ مشتری‌ای برایش نیافت.

ما حالا سال‌هاست... سال‌هاست در خانه‌ای زندگی می‌کنیم که مردم جلویش می‌میرند. ما نمی‌دانیم چه کنیم. دیگر نمی‌دانیم.

هیچ‌کس این خانه را نمی‌خرد و ما جای دیگری نداریم که برویم.

یکی از همسایه‌ها از همسایه‌های دیگر و آن‌ها از همسایه‌های محلات دیگر شنیده‌اند که ما هر جا برویم، مردم می‌آیند جلوی خانه‌مان می‌میرند.

ما نمی‌دانیم چه کنیم.

جلوی خانه‌ی ما یکی مرده بود

ما اینجا مرگ‌کوب شده‌ایم.

همه‌ی ما داریم گریه می‌کنیم.

کلاغ

من جاسوسم. شغلم جاسوسی است. اسمش بد است، اما پولش خوب است. ساعت کار ندارد، صبح و شب نمی‌شناسد، همیشگی است.

این کار پول دارد اما پرستیژ ندارد، دیگران تابلو می‌زنند و به عنوان و شغلشان می‌نازند، ما نه؛ ما مدام باید خودمان را استتار کنیم تا شناسایی نشویم.

کار ما فوت و فن و قلق خودش را دارد. باید مدام گوش‌به‌زنگ باشی، هم به زنگ خودت هم به آن‌که می‌پایی. در واقع ما کاری نمی‌کنیم، نگاه می‌کنیم ببینیم دیگران چه کار می‌کنند. ما می‌خواهیم از کارشان سر در آوریم تا گلیم خودمان را از آب در آوریم.

من این شغل را از پدرم به ارث برده‌ام. یعنی جاسوسی در خون ماست. او هم مدام دنبال این بود ببیند دیگران چه می‌کنند، چرا می‌کنند، چگونه می‌کنند. مدام در رفت و آمد بود. می‌گفت ما که

به جایی نرسیده‌ایم، ببینیم دیگران چطور به کجا رسیده‌اند. بررسی کنیم سر درآوریم.

می‌گفت: «در مدرسه گوش کن بچه‌ها از مادر، پدر و خانواده‌شان چه می‌گویند. مراقب باش ببین معلم‌ها چه می‌کنند، چه می‌گویند، به من بگو.»

یادم می‌داد حواسم به همه چیز باشد و به همه چیز گوش بدهم. من دوست داشتم صدای پرنده‌ها را بشنوم. اما او می‌گفت: «چشمت به زمین و دور و برت باشد. پرنده را ول کن. اما اگر هم پرنده می‌خواهی، کلاغ. آن‌ها ما را می‌خواهند و شاید هم می‌پایند. ما آن‌ها را فرا می‌خوانیم. هر جا برویم پر از کلاغ می‌شود.»

کار ما یک اسم دارد؛ هزارپوشش. این‌جا بقالم، آن‌جا بزاز، آن‌طرف‌تر مهندس، اما همیشه تاجر. تجارت نکنی جاسوسی مفت نمی‌ارزد.

من تو کار ارزم، طلا و الماس و عتیقه‌جات هم کار می‌کنم. پسته و فرش هم صادر می‌کنم. جنس می‌برم و می‌آورم. به موازات بردن و آوردن، خبر هم می‌برم و می‌آورم و این آوردن و بردن برایم پول می‌آورد. پول هم آبرو می‌آورد. یعنی من آبرو هم دارم. کسانی‌که مرا می‌شناسند به من احترام می‌گذارند. به من اغلب

مهندس می‌گویند. نمی‌دانم کی توی دهانشان گذاشته، اما آن‌ها مرا مهندس خطاب می‌کنند.

چیزی کم ندارم. می‌گویند جاسوسان خودفروخته‌اند. مزدورند. وجدان ندارند. گو بگویند. ما آن چیزهایی را داریم که به دردمان می‌خورد. وجدان به چه درد کار ما می‌خورد؟!

من از قضا دنبال همین افرادم، همین‌ها که برای من و همقطارانم حرف در می‌آورند و به ما توهین می‌کنند. می‌خواهم سر دربیاورم دقیقاً چه می‌کنند و با چه کسانی رابطه دارند و این حرف‌ها را از کجاها در می‌آورند. از همه‌ی این‌ها یادداشت بر می‌دارم. بعد یادداشت‌ها را تنظیم و گزارش می‌کنم. لذت می‌برم از این‌که با گزارش‌هایم سرپرستان و مسئولانم را خرسند می‌کنم.

از کارم راضی‌اند و راضی‌ام. خوب پول می‌گیرم، خوب می‌پوشم و خوب می‌خورم. همین حالا در فضای باز رستورانی پشت میز نشسته‌ام و منتظرم برایم چلوکباب مخصوص با سالاد ویژه بیاورند.

چند بار وقتی در فضای باز رستوران غذا می‌خوردم، کلاغ‌ها بالای سرم پرواز کردند و کثافتشان را روی میزم انداختند. با این حال من از رو نرفته‌ام. چون غذا خوردن در فضای باز بدون هرگونه حفاظ و چتری را دوست دارم. در فضای باز راحت

می‌شود سیگار کشید که من زیاد می‌کشم. منتها باید یک‌جوری با مشکل کلاغ‌ها هم کنار بیایم.

همین حالا یکی‌شان قارقارکنان از بالای سرم رد شد و کثافتش را روی میز انداخت که مقداریش هم به لباس و صورتم پاشید.

گاهی داخل رستوان هم می‌شود غذا صرف کرد، اما این خلاف روند کاری من است. تازه می‌ترسم کلاغ‌ها لج کنند و بعد از خروجم از رستوران سر و صورتم را کثیف کنند.

خوشبختانه گارسون هنوز غذا را نیاورده. دستمال البته همیشه روی میز هست که کثافت کلاغ‌ها را تمیز کنم. من خودم تمیز می‌کنم و گارسون را صدا نمی‌کنم. خوبیت ندارد. گاهی هم حالم به هم می‌خورد، اما کم‌کم عادت کرده‌ام به بوی گندشان.

تا به‌حال همیشه کثافتشان روی میز افتاده و در بشقاب غذا نیفتاده. مانده‌ام اگر روی سرم یا توی بشقاب بیفتد، چه کنم.

تا به حال از این موضوع به مسئولانم حرفی نزده‌ام، احساس می‌کنم چیز خوبی از آن در نمی‌آید. چون عرض کردم که، هر کاری قلق خودش را دارد، کار ما هم این‌جوری است؛ یک‌دفعه یک تاپاله کثافت می‌افتد روی میز غذایتان، یا روی سرتان یا توی بشقابتان...

چرا ایستاده‌اید؟ یک صندلی کنار میزم خالی است. بفرمایید چی میل دارید سفارش بدهم برایتان. تعارف نکنید، بفرمایید...

من صحبت با شما را به جایی گزارش نمی‌کنم. شما هم بابت کثافت کلاغ‌ها روی میز غذایم به کسی چیزی نگویید.

آهای گارسون...

مردی که نمی‌خواست پیر شود

مردم دورمون جمع شده بودند. حسن تیزی‌شو در آورده بود، جنون‌آمیز عربده می‌کشید: «کی می‌گه من پیرم؟! کی وجودشو داره بگه من پیرم؟! بیاد جلو... »

نشوندیمش، گفتیم: «حسن جون همه پیر می‌شن، مام می‌شیم دیگه.» گفت: «شما شمایید، من پیری تو کتم نمی‌ره و پیرمرد بشو نیستم که نیستم.»

گفتیم: «آخه این همه آدم پیر می‌شن مام روش، هیشکی دوست نداره پیر شه... » تو کتش نمی‌رفت.

با بروبچ نشسته بودیم جلو جیگرگی اسمال‌شله جیگرا رو که رو منقل باد می‌زد، بو می‌کردیم، نون خالی می‌خوردیم. اما غصه‌مون چیز دیگه‌ای بود؛ جیگرمون خون بود.

پوست دست و سینه و گردنمون چروک خورده بود و هر چی تو حموم روشونو کیسه می‌کشیدیم، صاف نمی‌شد و همه‌مون همچین بفهمی نفهمی وارفته بودیم و اخلاقامون هم سگی شده بود، حسن از همه بیشتر.

نمی‌دونم چطور شد که ما یک‌باره نظرمون به چروک‌های دست و گردن و سینه‌مون جلب شد. چروک‌ها از کی پیدا شده بودن، نمی‌دونیم. اصلاً حواسمون نبود که چند سالمونه، بس‌که زندگی سخته. ما یک‌باره با اونا و با خودمون مواجه شدیم و جا خوردیم. حسن بیش از ما یکه خورد.

اون قبلاً فکر می‌کرد چین و چروکا از زخم خط‌های تیزیه که خوب شده، بعد پوست جمع شده چروک خورده. اما تو حموم که چین و چروکای پشت دست و سینه و گردن رو مقایسه کرد، ترس ورش داشت که این چروکا از اون چروکا نیست. چین و چروکای زخم تیزی و قمه رو می‌شد تراشید اما این یکی‌ها رو نه. این یه جور دیگه بود، مال پیری بود.

حسن با تیزی سعی می‌کرد چروکای دست و گردنشو صاف و صوف کنه نمی‌تونست، نمی‌شد. کفری شده بود.

حسن گفت: «یعنی پیر شدیم رفت؟» گفتیم آره.

گفت: «بدبخت شدیم رفت؟» گفتیم آره.

گفت: «یعنی تموم شدیم رفت؟» چیزی نگفتیم.

داغ کرد، خواست پاشه عربده بکشه، نشوندیمش، آب براش ریختیم، به زور به خوردش دادیم بلکه آروم شه.

یه پیرمردی داشت از پیاده‌رو رد می‌شد، حسن صداش کرد، آورد نشوندش کنارمون. شصت، هفتادساله به نظر می‌رسید. حسن خشک و خالی جیگر تعارفش کرد، گفت: «نه پسرم من خوب نمی‌تونم مثل شما جوونا غذا بجوم.»

حسن گفت: «دهنت گل بابا! بیا ببین چی می‌گه، شاهد از غیب رسید.»

گفتیم: «حسن جون این خیلی پیره، ما رو جوون می‌دونه.»

حسن گفت: «بابا جون من پیرم؟»

گفت: «ایشالله پیر شی.»

حسن گفت: «یعنی چی؟»

گفت: «یعنی عمرت طولانی باشه و حالا حالاها زنده و سر حال باشی.»

حسن دوستانه دستش را گذاشت روی شونه‌ی پیرمرد گفت: «بابا جون شما چی شد پیر شدی؟»

گفت: «نمی دونم پسر جون، دست خودم که نبود.»

حسن گفت: «ولی من دست خودمه، من شیرم.»

گفت: «شیرها هم پیر می‌شن پسر جون!»

حسن برافروخته خواست پا شه، نشوندیمش...

حسن خودش بود و خودش. فقط خودشو داشت. اگر خودش به داد خودش نمی‌رسید کارش تمام بود. ترسش هم از همین بود. می‌ترسید پیر شه، کسی تحویلش نگیره، ضعیف شه و دیگه نتونه از خودش دفاع کنه.

تو محله‌ی ما نمی‌زدی می‌زدند. حسن هم تنها سلاحش تیزی بود که سال‌ها با آن زده و خورده بود.

حسن تو بچگی با پاشنه‌کش از خودش دفاع می‌کرد. ده، دوازده‌ساله که شد اولین چاقو رو از جوجه‌لاتا خورد و پاشنه‌کشو کنار گذاشت، تیزی دستش گرفت. رفته‌رفته تیزی شد یار و مونسش. بی‌تیزی احساس تنهایی می‌کرد. احساس می‌کرد اگر سرش بریزند با چی جز تیزی از خودش دفاع کنه. همش می‌گفت: «منم و تیزی‌م، پشتم به دیفاله، سینه‌م رو به نامردا. اونا یه لشگر، من تک.»

اما پیری و ناتوانی حساب و کتاب‌های حسن و اعتماد به نفسش رو به هم می‌زد. حس می‌کرد از جایی موهوم مورد هجوم قرار گرفته که اونو نمی‌شناسه. پیری امنیتش رو به خطر می‌انداخت:

«لات و لوتای محلات دیگه بریزن سرمون، چه خاکی سرمون کنیم!»

برای دلداری می‌گفتیم: «اونام پیر می‌شن حسن جون.» اما او تاب نمی‌آورد و آروم نمی‌شد: «اونام پیر می‌شن، قبول، ولی الان ما دیگه پیریم. نیگا چروکا رو، نیگا، با چاقو نمی‌رن، نیگا...»

با چاقو روی چین و چروکای دستش می‌کشید.«نیگا، صاف نمی‌شن بدمصبا! این چروکا دهن‌کجیه، دهن‌کجی مرگه. یعنی آخر خطیم، یعنی فاتحه، یعنی داریم می‌ریم، یعنی دارن می‌آن ببرندمون قبرستون، یعنی مرگ... »

برافروخته می‌شد: «یعنی سینه‌ی قبرستون... »

داغ می‌کرد: «آی... من نمی‌خوام بمیرم. نامردا! من پیرمرد بشو نیستم. من هنوز جوونی نکرده‌م، من سر تا پا ماهیچه‌م. بازوها رو نیگا، عین سنگه ماهیچه‌هام.»

می‌رفت سمت مردم که دورش حلقه زده بودن، تا بازوهاش رو نشون بده و اونا از دیدن چهره‌ی برافروخته‌ش عقب‌عقب می‌رفتن و حسن هر لحظه بیشتر بر افروخته می‌شد. نمی‌تونستیم آرومش کنیم.

ناگهان تیزیشو در آورد رو به مردمی که ازش کناره می‌گرفتن، عربده کشید: «من پیر نیستم، نالوطیا! من پیرمرد نیستم.» خودش را با فشار از دست ما در آورد.

«کی می‌گه من پیرم؟! کی وجودشو داره بگه من پیرم؟!»

عربده می‌کشید و می‌دوید و ما به دنبالش. به سمتی می دوید که فکر می کرد اون چیز موهوم، پیری، اونجاست.

زندگی بهش آموخته بود از هیچ‌چیز نگریزد، سینه سپر کنه و با اون رو در رو بشه و حالا اون خودشو رو در روی پیری و تنهایی می‌دید.

عربده‌ش تو کوچه‌ها و محله‌ها می‌پیچید و صدای خروس‌ها رو هم در می‌آورد.

خروس‌ها انگار که صبح دمیده، بعد از عربده‌ی اون با هم می‌خوندن و جواب می‌دادن: « قوقولی قوقو... »

دو پشته آدم جمع می‌شد و همه‌ی پنجره‌ها باز می‌شد و مردم کله می‌کشیدن، حسن رو می‌دیدن که عربده‌کشان می دود:

«من پیر نیستم، پیرمرد نیستم. نامردا... »

مانند غروری تنها با تیزی به سمت دشت پهناور اندوه می‌دوید و اسب‌های سواران به‌خاک‌افتاده در پی‌اش شیهه می‌کشیدند و او سوار بر رخش پیشاپیششان می‌تاخت تا پیری را بتاراند.

خورشید درشت غروب، او و اسب‌ها را در سرخی خون خود فرو می‌گرفت.

فاطی

یه محله بود و یه فاطی. در خونه رو که وا می‌کرد دلا به تاپ‌تاپ می‌افتاد. خرامان‌خرامان می‌آمد، می‌آمد به صف ما سر کوچه که می‌رسید، چادرش رو با ناز باز و بسته می‌کرد و لبخند ملیحی می‌زد و می‌رفت.

ما سرهامون رو که از شرم پایین انداخته بودیم، بلند می‌کردیم و با حسرت به رد رفتنش، چشم می‌دوختیم.

به کی لبخند زده بود؟ به من، به من، به من... هرکی از جانش سیر شده بود و ادعایش را به زبان می‌آورد، همون‌جا در جا تیزی می‌خورد تا زبونش بند بیاد. هر کی هم احتمال می‌رفت مورد مهر و لبخند اون قرار گرفته باشه، همون جا یا جایی دیگر حسابش رسیده می‌شد تا حواسش جمع باشه و روش رو زیاد نکنه.

اما به‌راستی به کی لبخند زده بود؟ به اونکه جلوی صف بود یا به وسطی یا آخری؟ به همه که نمی‌شه. می‌شه؟ چرا نه؟ وقتی ما

همه دلباخته‌ی اون بودیم، چه بسا او هم ما همه رو می‌خواست. جور دیگری نمی‌تونستیم دلمون رو خوش کنیم.

اما آخر چطور ممکن است هم رمضون یغور رو را بخواهد، هم فرشید خوشتیپ رو که لباسای شیک می‌پوشید و موهاشو ژل می‌زد، هم اصغر دیوونه رو، هم رجب قاپ‌باز رو که قاپاشو مثل زنگوله گل گردنش می‌انداخت؛ هم داود عشق موتور رو، هم رسول‌شله رو که یه چشمشم باباقوری بود، هم اصغر وروجک رو که برای خودشیرینی و جلب توجه جلو فاطی معلق می‌زد و سروته رو دستاش وامی‌ایستاد، هم حسن گربه‌باز رو که گربه‌شو زیر پیرنش قایم می‌کرد تا فاطی ظاهر می‌شد درش می آورد تا نظر فاطی به واسطه‌ی گربه بهش جلب شه، هم اسمال قراضه رو که با تسبیح شاه‌مقصودش بازی می‌کرد، هم علی زردنبو رو با اون پاشنه‌کش دسته نقره‌ایش!

اون همه لات تیزی‌کش جلوی زیبایی فاطی لنگ می‌نداختن و جرئت نمی‌کردن سر بلند کنن به چشماش نگاه کنن.

زیبایی، سادگی، ملاحت و غرور دخترانه‌ی فاطی چنان جاذبه و جذبه‌ای بهش داده بود که کمتر کسی از ما جرئت می‌کرد باهاش چشم در چشم بشه.

اون خودِ خود زندگی و سرزندگی بود.

سر فاطی کسی از ما نبود که تیزی یا قمه نخورده باشد. با دستا و سر و صورت باندپیچی‌شده هم باز مقابل زیبایی و وقار فاطی صف می‌کشیدیم تا باز خرامان از برابر جوونی‌مون رد بشه و لبخندزنان چادرش رو با عشوه‌ای ملیح باز و بسته کنه و ما رو غرق شور و زندگی کنه.

اینا همه بود بود بود تا اون روز که ناگهان باد اومد.

باد از کجا اومد؟ چرا باد اومد؟ چطور یک‌باره باد اومد؟ ما نمی‌دونیم، ما هیچ نمی‌دونیم.

باد اومد، باد اومد فاطی رو برد، لبخند اون رو برد، گل‌های یاس خونه‌ی همسایه رو برد، همه‌ی شمعدونی‌ها رو برد، کوچه‌ها رو برد، آوازها رو برد، جوونی رو برد، عشق رو برد، آفتاب رو برد.

یخبندان شد، دروغ اومد، جنگ اومد، بمب اومد، گلوله اومد، مرگ اومد و ما رو کت‌بسته برد.

ما سرودخوانان رفتیم:

آه ای سرافرازی گمشده، غرور له شده

جلوی خانه‌ی ما یکی مرده بود

ما را چگونه می‌توان به روزهای بزرگ شادابی
بازگرداند؟

سترگی جوانی را در بازوانمان جاری کرد

تا کوه عظیم اندوه را ز دوش برداریم

و عشق را به زمین بازگردانیم

کارآگاه خصوصی

آدم بی‌کار زود می‌میرد، از فشار بی‌کاری، ندانم‌کاری، بزه‌کاری،
کم‌کاری، بدکاری، بدهکاری یا هر کوفت و زهرمار دیگری...

از زور بی‌کاری شدم کارآگاه خصوصی. مرا چه به این کارها...

اداره‌ی کاریابی شغل‌های مختلفی پیشنهاد کرد که هیچ‌کدام مرا
نمی‌خواستند و دست آخر بعد از کلی برو و بیا وصلم کردند به
یک بنگاه کاریابی خصوصی که آن‌ها هم بعد از کلی سوال و
جواب استعدادیابی مرا راهی کردند به دفتر یک نهاد خانوادگی
که پیشنهاد کردند کارآگاه خصوصی شوم و چون هیچ آشنایی‌ای
با آن نداشتم در یک کلاس فشرده‌ی یک‌ماهه شرکتم دادند و یادم
دادند کارآگاه خصوصی چه جور کاری است و بعد از پایان
کلاس یک سفارش کار دستم دادند از آقایی که می‌خواست بداند
همسرش با کی رابطه دارد و چند اسم و آدرس داده بود که
تحقیق کردم دیدم با همه‌شان رابطه دارد و قبل از آن‌که گزارش
نهایی را تنظیم کنم یک سفارش تکمیلی از همو آمد که تحقیق
شود با کدام‌شان بیشتر و صمیمی‌تر رابطه دارد که تحقیق کردم
دیدم با همه رابطه‌اش نسبتاً نزدیک است و کار را تمام‌شده تلقی

می‌کردم که باز سفارش آمد دقیق‌تر تحقیق شود که با کدام رابطه‌ی خیلی نزدیک یا عاشقانه دارد که کف کردم و برای آن‌که قال قضیه را بکنم و پولم را زود بگیرم گفتم با هیچ‌کدام و در حال تنظیم نهایی گزارش کار بودم که یک‌باره خودش به دفترمان آمد و خواست مستقیماً با خودم صحبت کند که کرد و قرار شد یک بار دیگر جهت حصول اطمینان کامل درباره‌ی عاشقانه بودن رابطه‌ی همسرش با افراد مذکور تحقیق جدی‌تر و دقیق‌تر صورت بگیرد که گرفت و نتیجه همان بود که بود و گزارش آن که ارائه شد سفارشی از سوی خانم وی به ما رسید که تحقیق شود شوهرش با چه کسانی رابطه دارد و کار را دیگر به من نسپردند و به خانم همکارم سپردند که تحقیق کرد دید شوهر آن زن فقط با همان زن رابطه دارد و چون آن خانم از نتیجه متقاعد نشد و تحقیق جدی‌تر و دقیق‌تری مطالبه کرد، دوباره تحقیق شد و نتیجه باز همان شد و مدتی بعد نمی‌دانم چطور شد که یک‌بار عده‌ای شبانه سر همکارم ریختند و او را نزدیک رودخانه بردند، زدند، لختش کردند، همان‌جا ولش کردند و او هم کارش را ول کرد و رفت که رفت و من معطل و مردد ماندم که چه کنم چه نکنم، این بلاها همه گویا از کارآگاه خصوصی بودن سرم می آمد و همین هم بود و یک شب چند نفر سرم ریختند خونین و مالین روانه‌ی خانه‌ام کردند قول گرفتند شکایت نکنم که نکردم و بعد از مدتی بی‌کاری باز به شرکت رفتم گفتند به عنوان کارگاه خصوصی کاری ندارند و فقط سفارش کار برای کارگر ساده

دارند که چون دستم بدجوری تنگ بود قبول کردم و مرا به انباری دورافتاده خارج شهر فرستادند که باید آهن‌آلات و ضایعات کارگاه ریخته‌گری مجاور آن را بسته‌بندی و بار کامیون می‌کردم که کار شاقی بود و کمرم درد می‌کرد و ناچار انجامش می‌دادم و این بود تا این‌که یک روز گفتند صاحب انبار برای سرکشی می‌آید که آمد و همان آقا بود که پیش آمد گوشم را کشید گفت خاک بر سرت با آن کارآگاه خصوصی بازی کردنت که نفهمیدی آن زن که دیگر زنم نیست با همه‌ی آن‌ها رابطه‌ی خیلی نزدیک داشت و شما الدنگ‌ها نفهمیدید و چند تا مشت و لگد هم حواله‌ام کرد و مرا انداخت بیرون و رفت و وقتی رفت دیگر نه فقط کمرم و گوشم که یک جای دیگرم... قلبم، سرم، نمی‌دانم کجام هم درد گرفت و چنان درد گرفت که تنگم گرفت همان روز غروب به خانه‌اش رفتم در زدم در را که باز کرد با تبر توی سرش کوبیدم و در را بستم و همان‌جا بیرون در سیگار آتش زدم یکی مثل همین که همین حالا بعد از سه ماه و هفده روز حبس دستم است و پس فردا صبح کله سحر هم حکم اعدامم است...

گفتمتان که، آدم بی‌کار زود می‌میرد.

عشق

تا دیدمش تکان خوردم و سرم فرو افتاد.

به زمین خیره شدم، بعد سرم را چرخاندم سمت پنجره بیرون را تماشا کردم. باز دیدمش؛ تصویرش مبهم و تیره روی درخت‌هایی می‌لغزید که از کنار قطار رد می‌شدند. این‌جا دیگر می‌شد بی‌واهمه او را دید، هر چند تنها طرحی از او را.

خواستم سرم را بگردانم بار دیگر ببینمش، یارا نداشتم. نگاهم از رویش سُر خورد سمت پنجره، و درخت‌ها و درخت‌ها و طرحی از او در میانشان.

جرئت می‌خواهد، شجاعت می‌خواهد دیدن. و جسارت می‌خواهد دیده شدن.

او هم مرا آیا دید؟ دید که دیدمش؟

قطار که ایستاد در ایستگاه، دیگر نمی‌شد در سرعت و حرکت پنهان شد. خودم را سر به پایین سرگرم کردم به کیف دستی‌ام تا

نشان دهم که ضعفی از خود نشان نداده‌ام، که اصلاً چیزی ندیده‌ام، که نشکسته‌ام، که فرو نیفتاده‌ام.

قطار که تاتی‌کنان راه افتاد، قوایم را جمع کردم تا باز کار سترگ دیدن را از سر بگیرم.

کم‌کم چشمم به پنجره چرخید و قطار سرعت گرفت، درخت‌ها هم سرعت گرفتند و دور سرم چرخیدند و سرم کمی به سمتش چرخید، اما نگاهم دیگر نلغزید. ماند، ثابت ماند.

سرم را آرام بلند کردم، به دور و بر نگاه کردم. برخاستم به عقب، جلو و دور و بر نگاه کردم. هول شدم، پا شدم راه افتادم، این سو، آن سو. رفتم، آمدم. رفتم، بازآمدم؛ نبود، دیگر نبود. رفته بود.

آمده بود و رفته بود. برای رفتن آمده بود.

رفتم سر جایش، درست سر جایش ایستادم، همان‌جا که ایستاده بود و دیده بودمش. از آنجا سر گرداندم به سمت خودم، به جایی که نشسته و او را دیده بودم. تکان خوردم.

پیرمردی جایم نشسته بود که سخت شبیه خودم، خودِ خودم بود و چشمش به طرحی مبهم میان درخت‌ها بود.

جلوی خانه‌ی ما یکی مرده بود

فرو افتادم.

اکبر فلاح‌زاده

کسب و کار کبری خانوم در تورونتو

کبری خانوم تو تورنتو وقت سر خاروندن نداشت:

از مجلس روضه‌خوانی فاطمه زهرا به صرافی، از صرافی به طلافروشی از آن‌جا به بانک و بعد سفارت و اگر آن‌طور که تکیه‌کلامش بود «خدا می‌خواست» وقتی می‌موند یک توک پا هم به مرکز امام علی تورونتو برای سرکشی و رتق و فتق امور.

دوستان کانادایی به او کُبی می‌گفتند اما خودش کبری را ترجیح می‌داد که مؤنث اکبر و مقرب ذات و بارگاه خداوند معنی می‌داد و خوب با شغل مداحی و روضه‌خوانی او در مجالس زنانه‌ی عزاداری جور در می‌آمد.

کبری خانوم معتقد بود اول باید خدا بخواد بعد بنده‌ی خدا. این را اول و وسط و آخر همه‌ی دعاهاش در مراسم مختلف می‌گفت؛ از مراسم قرآن به سر گرفتن شب‌های قدر ماه رمضون و سفره‌ی ابوالفضل و بی‌بی سه‌شنبه، بی‌بی حور و بی‌بی نور گرفته تا مراسم عقد و ختم و انواع دورهمی‌ها و مراسم آش و قیمه‌پزون نذری تاسوعا و عاشورا.

کبری خانوم سرش خیلی شلوغ بود و وقت خرید خرت‌وپرت‌های روزمره رو نداشت و سپرده بود اینا رو هر روز بیارن جلوی خونه به خدمتکارا تحویل بدن. نون سنگک و حلیم هم صبحا باید داغ و تازه درب منزل تحویل داده می‌شد.

کبری خانوم فقط برای آرایشگاه و پرو لباس‌های مجلسی مجالس گوناگون شخصاً به آرایشگاه و خیاطی سر می‌زد.

در سایر موارد به خانه‌ها سر می‌زد و نظارت می‌کرد که مراسم مذهبی در تورنتو درست مثل دورهمی‌ها و مراسم در مشهد و قم طبق اصول و با رعایت همه‌ی دستورات سنت انجام شود. مثلا در قرآن به سر گرفتن همان‌طور که در منابع دعایی همچون اقبال‌الاعمال اثر سید ابن طاووس از امام صادق نقل شده، قرآن نباید خیلی بزرگ یا جیبی باشد، باید خوب روی سر جا بگیرد تا وقتی خدا را به حق قرآن، پیامبر، حضرت زهرا و دوازده امام قسم می‌دهند دعا مستجاب و گناهان آمرزیده شود.

یا در مراسم سفره‌ی ختم صلوات باید ۱۴۰ تسبیح گلاب‌زده بین حاضران توزیع شود و صد صلوات با دهان خوشبو از گلاب فرستاده شود و سفره حتما سبز و مزین به اسامی چهارده معصوم باشد.

در سفره‌ی حضرت ابوالفضل هم درکنار عدس‌پلو، آش رشته، کاچی و حلوا، خرما، میوه، نان و پنیر، سبزی هم باید گذاشت که

حتما باید تازه باشد. چهارده هزار صلوات به نیت چهارده معصوم، به ترتیب به هر معصوم هزار صلوات هم مستحب، اما صد تای آن واجب است. کبری خانوم دقیقاً این نکات را مطابق دستورالعمل‌هایی که از قم و از سفارت می‌گرفت رعایت می‌کرد.

کبری خانوم معتقد بود تعداد مسلمین در خارج را باید مدام افزایش داد و بهترین راه آن را هم گذشته از تبلیغ، نذری می‌دانست و پافشاری می‌کرد قیمه‌ی نذری تاسوعا و عاشورا به همه اعم از ایرانی و خارجی داده شود تا دلشان نرم و متوجه دین بشود. در تأیید حرفش به صف‌های دراز دریافت نذری عاشورا و تاسوعا در تورنتو و ونکوور اشاره می‌کرد که هر سال شلوغ‌تر و درازتر می‌شد.

کبری خانوم و خانوم‌های مجالس و دورهمی‌ها و سفره‌ها از کانادا و تورنتو خیلی راضی بودند و هیچ احساس غربت نمی‌کردند چون چند ماه این‌ور آب بودند و چند ماه اون‌ور آب. پول هم که از اجاره‌خانه‌ها و مستغلات و واردات و صادرات فرش و انواع بیزنس‌های خانوادگی و فامیلی در بازار ایران و خارج و معاملات طلا و جواهر و دلار در می‌اومد و غصه‌ای نبود.

فقط دلشان خون بود از یک مشت به قول کبری خانوم آواره‌ی پناهنده که هر از گاهی توی خیابون یانگ جلوی فروشگاه‌های بزرگ جمع می‌شدند علیه اسلام و نظام شعار می‌دادن.

یکی از خانوم سفره‌ای‌ها می‌گفت اینها از طایفه‌ی بنی‌قریظه هم بدترند، باید فرستادشون نوک کانادا میون یخ‌ها و برفا کار کنند حالشون جا بیاد.

اما کبری خانوم می‌گفت با نذری می‌شه دل‌هاشونو نرم کرد و اصرار داشت همه‌ی مراسم درست و بجا انجام بشه و شربت و شیرینی به حد کافی توزیع بشه تا کسایی که دلشون با نظام تلخه کامشون شیرین بشه بلکه یه روز آدم بشن...

و غش غش می‌خندید و ردیف دندونای طلاش پیدا می‌شد.

برگه‌ی جریمه

آقای جواهریان حظ می‌کرد از این‌که می‌دید ماشین‌ها جریمه می‌شوند.

او که خودش پول نداشت ماشین بخرد. گواهینامه هم نداشت که آن را براند، اما عذاب می‌کشید و مدام حرص می‌خورد از این‌که می‌دید عده‌ای مخالف مقررات با زرنگی ماشین‌هایشان را در میدانگاهی پارک می‌کنند، کیف و کیسه‌های خریدشان را برمی‌دارند، سر فرصت در ماشین را قفل می‌کنند و بی‌خیال و سلانه‌سلانه پی کارشان می‌روند. از قضا بعضی از آن‌ها همسایه‌ی آقای جواهریان بودند، منتها این‌ها هیچ اهمیتی برای او نداشت.

گذشته از نقض مقررات مسئله‌ی مالی هم دخیل بود؛ آقای جواهریان حقوق بازنشستگی می‌گرفت و چون حقوق کفاف خرج زندگی و اجاره بها را نمی‌داد اندکی هم ماهانه از اداره‌ی تأمین اجتماعی پول می‌گرفت و شنیده بود که پول صندوق بازنشستگی و تأمین اجتماعی از مالیات‌ها و جریمه‌ها تأمین می‌شود و به تخمین او اگر جریمه‌ها پرداخت نمی‌شد، صندوق

از کجا پول می‌آورد به امثال او پول بدهد؟ بدون پشتیبانی این صندوق، سر پیری دستش باید پیش کی دراز می‌کرد؟

خانه‌ی آقای جواهریان مشرف بود به یک میدانگاهی در انتهای خیابانی فرعی و بن‌بست. ماشین‌های سنگین از این میدانگاهی برای دور زدن استفاده می‌کردند.

در این منطقه‌ی شلوغ مسکونی جای پارک کیمیا بود و ماشین‌ها ناچار دور و بر همین میدانگاهی پارک می‌کردند که پارک ممنوع بود.

آقای جواهریان سیگارکشان پشت پنجره می‌نشست و به دقت میدانگاهی را می‌پایید. ماشین‌های سنگین به‌ندرت برای دور زدن به محل می‌آمدند و وقتی هم که می‌آمدند و میدانگاه را پر از ماشین‌های پارک‌شده می‌دیدند عقب‌عقب برمی‌گشتند.

هر از چندی مأموران با ماشین یا موتور می‌آمدند و ماشین‌های پارک‌شده را نقره‌داغ می‌کردند. کارشان که تمام می‌شد و می‌رفتند، آقای جواهریان لباس می‌پوشید و به هوای قدم زدن می‌رفت به تماشای ماشین‌های جریمه‌شده.

دیدن برگه‌ی جریمه‌ی تاشده زیر برف‌پاک‌کن شیشه‌ی جلوی ماشین‌ها سخت مایه‌ی کیف و لذت آقای جواهریان بود.

همان دور و برها می‌پلکید تا یکی‌یکی سروکله‌ی صاحبان ماشین‌ها پیدا شود و ببیند چه واکنشی به برگه‌ی جریمه نشان می‌دهند.

بودند کسانی‌که با شتاب می‌آمدند و بدون آن‌که به برف‌پاک‌کن و برگه‌ی جریمه نگاه کنند، با عجله روشن می‌کردند و پر گاز می‌رفتند و آقای جواهریان را در حسرت می‌گذاشتند.

آقای جواهریان کیف می‌کرد از دیدن راننده‌هایی که با دیدن برگه‌ی جریمه وا می‌رفتند و سرخورده و مأیوس برگه را مدت‌ها جلوی صورتشان می‌گرفتند، زیر و بالاش می‌کردند. دور و بر را در جستجوی مأموران نگاه می‌کردند و وقتی هیچ نمی‌یافتند، سرافکنده پشت رُل می‌نشستند و به آرامی دور می‌شدند. آقای جواهریان از این جور صحنه‌ها حظ وافر می‌برد.

وقتی بیشتر کیف می‌کرد که راننده‌ها با دیدن برگه‌ی جریمه فحش می‌دادند و با عصبانیت در ماشین را باز می‌کردند و مدتی داخل ماشین نشسته می‌ماندند، سیگاری آتش می‌زدند و بعد گاز می‌دادند و می‌رفتند.

آقای جواهریان پیش خودش می گفت: «دندتان نرم!» و کیف می‌کرد که حالشان گرفته شده.

در عوض از مواردی که رانندهها با دیدن برگهی جریمه پوزخند می‌زدند و آن را پاره می‌کردند و بی‌اعتناء می‌رفتند، هیچ خوشش نمی‌آمد.

او دوست داشت طرف متنبه شود و حالش حسابی گرفته شود.

امیدوار بود با پرداخت قبض‌ها وضع صندوق بازنشستگی بهتر شود و احیاناً مستمری‌ها افزایش بیابند.

یعنی که قبض‌های جریمه حتماً باید فوراً پرداخت می‌شدند. ماشین‌های متخلف در نظر او باید بیشتر جریمه می‌شدند و بدین منظور مأموران باید بیشتر به محله سرکشی می‌کردند.

آقای جواهریان خیلی حرص می‌خورد، اما همه‌چیز دست او نبود؛ تعداد ماشین‌های متخلف یا تعداد شیفت‌های کاری مأموران راهنمایی و رانندگی را که نمی‌توانست زیاد کند؛ اما می‌توانست قبض‌های جریمه را بردارد، تا قبض دیرکرد و عدم پرداخت به‌موقع هم به مبلغ جریمه اضافه و برای رانندگان متخلف پست شود که در صورت دیرکرد یا عدم پرداخت، مبلغ جریمه خودبه‌خود بعد از سه هفته بیست درصد زیاد می‌شد و باز هم اگر به موقع سر سررسید پرداخت نمی‌شد، بالاتر می‌رفت و حتی به خواباندن ماشین و جریمه‌ی سنگین‌تر هم منجر می‌شد و این‌ها همه پول بود که به اداره‌ی کل مالیات می‌رفت و بخشی از آن به صندوق بازنشستگی اختصاص می‌یافت.

به هر حال این کار از او بر می‌آمد و سبب می‌شد، پول بیشتری به صندوق بازنشستگی ریخته شود، بنابراین در موقعیت‌های مناسب که خیابان خلوت بود، برگه‌های جریمه را از پشت برف‌پاک‌کن برمی‌داشت و در جیبش می‌گذاشت تا به دست راننده نرسد و آن شود که او می‌خواست.

با این حال و با وجود تمام این اقدامات، خلاف انتظار آقای جواهریان حقوق بازنشستگی افزایش نمی‌یافت که نمی‌یافت که نمی‌یافت و تازه قیمت‌ها هم بخصوص قیمت مواد غذایی و سیگار که او زیاد می‌کشید، هر از چندی افزایش می‌یافت و این معنی دیگری نداشت جز آن‌که گویی عملاً حقوق بازنشستگی به جای افزایش، کاهش یافته.

آقای جواهریان معتقد بود که باید صبر کرد و دید... حصول بعضی نتایج مانند رسیدگی به گل و گیاه است، باید به آن‌ها برسی و آبشان بدهی و منتظر رشد و گل‌دادنشان بنشینی.

آقای جواهریان صبر کرد و صبر کرد و صبر کرد تا این‌که چند ماه بعد ناگهان زلزله شد:

یک‌بار که آقای جواهریان طبق معمول برای سرکشی به میدانگاهی آمده بود، دید تابلوی پارک ممنوع را برداشته و جایش پارکومتر گذاشته‌اند.

آقای جواهریان چنان لرزید که دیوارهای ساختمان وجودش فرو ریخت و او زیر آوار خودش ماند.

چه کرد؟ هیچ. چه می‌توانست بکند؟ چند روزی در خانه ماند و از پنجره رانندههایی را دید که چند سکه در پارکومتر می‌انداختند و سر فرصت در ماشین پارک‌شده‌شان را می‌بستند، می‌رفتند و لجش را در می‌آوردند...

آقای جواهریان بعد از مدتی سرخوردگی و خستگی دید نبایستی وا داد و افسرده شد. بنابراین برای قدم زدن و سرکشی روزانه به محلاتی دوردست رفت که پارکومتر نداشتند و پارک کردن ممنوع بود و بنا به تجربه‌ای که در محله‌ی خودش اندوخته بود باز هم همان کرد که همیشه می‌کرد؛ قبض‌های جریمه را برمی‌داشت و در جیبش می‌گذاشت و به خانه که می‌رسید آن‌ها را در کیسه می‌انداخت.

چندی چنین کرد و چنین کرد و چنین کرد تا این‌که یک روز دیگر نکرد، یعنی نگذاشتند که بکند؛ چند راننده که مدت‌ها زاغش را چوب زده بودند با چوب به سر و رویش کوبیدند و گریختند و آقای جواهریان خونین و مالین روانه‌ی بیمارستان شد و بعد از ترخیص هم پادرد و کمردرد دیگر به او امکان پیاده‌روی و سرکشی نداد. او مانده بود و کیسه‌ی قبض‌های جریمه که آن را در بالشش جاسازی کرده، شب‌ها زیر سرش می‌گذاشت که با آرامش

بخوابد، اما خواب از او گریخته بود و با وجود درد کمر بلند می‌شد پای پنجره برود که لختی بیشتر نمی‌توانست سر پا بماند و دوباره به زمین می‌افتاد و قرص مسکن می‌خورد و باز خوب خوابش نمی‌برد.

مدت‌ها به همین منوال گذشت و کم‌کم حوصله‌اش سر رفت و دل مشغولی‌اش این شد که از پشت پنجره نگاه کند ببیند آیا مردم به حد کافی سکه در پارکومتر می‌اندازند یا نه، آیا سکه‌ی تقلبی استفاده نمی‌کنند، آیا مأموران به درستی سرکشی می‌کنند یا نه. همان‌طور که به پارکومترها نگاه می‌کرد، به صرافت می‌افتاد ببیند آیا می‌شود یک جوری پارکومترها را با سکه‌ی حلبی از کار انداخت تا شاید باز وضع به شکل سابق برگردد و پارک کردن ممنوع یا دست‌کم پردردسر و جریمه‌زا شود.

به نظر او حتما بایستی دست به کاری زد. آدم بازنشسته که نباید همیشه در خانه نشسته باشد. بنشینی، زندگی می‌نشاندت و سرانجام می‌خواباندت. یک بار که گرم این فکرها بود بدنش سستی گرفت، سرش گیج رفت، به زمین افتاد، به خواب رفت، خواب دید دارد در پارکومترها سکه‌ی حلبی می‌اندازد و در جایی دیگر هم مانند آن روزها قبض‌های جریمه را بر می‌دارد.

عجیب این‌که کسی هم او را نمی‌دید.

خوابش که کمی عمیق شد احساس کرد دو تا فرشته‌ی بالدار سفید از دو طرف زیر کتفش را گرفته‌اند تا به زمین نیفتد.

مردم و ماشین‌ها با دیدن فرشته‌ها در جا منجمد شده بودند و به آن‌ها نزدیک نمی‌شدند و حتی نگاه هم نمی‌کردند که آقای جواهریان چه می‌کند.

آقای جواهریان هم با خیال راحت در پناه فرشته‌ها آن می‌کرد که می‌خواست و هیچ‌کس جرئت نزدیک شدن به او را نداشت و او در میان ماشین‌ها آسوده می‌گشت و هر چه بیشتر می‌گشت بدنش سبک‌تر و دلش خنک‌تر و خیالش آسوده‌تر می‌شد و اصلاً ملتفت نمی‌شد که سال‌هاست که مرده است.

حالا کاری نداریم...

این عکسی که مشاهده می‌کنید همان است که مرحوم علی‌آقا گچکار محله‌مان آن‌وقت‌ها از ماها گرفت و حالا خدا عمرش بدهد عباس‌آقا داماد دختر بزرگشان برایمان آورده.

کوچکه را ما آن‌وقت‌ها برا برادرمان می‌خواستیم که ندادند و دادند به آقارحیم بنّا که سیم‌کشی هم بلد بود و سه تا زن دیگه هم داشت که نازا بودند و خیلی خیّر بود و خانه‌ی کدخدا و قهوه‌خانه را برق‌کشی کرد، یک قران هم نگرفت. حالا ما کاری نداریم...

وقتی پیغام داد که عکسه را پیدا کرده می‌آوَرد، اشک توی چشممان جمع شد و روزشماری می‌کردیم که بیاید، که قربان قول و قدمش آمد...

توی عکس که جلو چشم مبارکتان گرفته‌ام، این جلو این ماییم که توی کوچه روی موتور نشسته‌ایم و ترکمان آقاجلال پسر حمامی محل نشسته که آن روز می‌خواستیم برویم شهر لُنگ و لیف ارزان از بازار بخریم که نشد برویم. حالا کاری نداریم...

این پسره که این گوشه کله‌اش را توی عکس کرده همسایه‌ی نرگس‌خانوم قابله بود و پدرش تو آسیاب کار می‌کرد، مادرش قالی می‌بافت. پنج سالی یک کار روی دار دست گرفته بود پایین نمی‌آمد؛ نه که انگشتش باد کرده بود خون می‌آمد، رج نمی‌توانست بزند. حالا ما کاری نداریم...

اما... اما اون دختر ریزه‌میزه که این طرف کله‌اش را از لای در نیمه‌باز حیاطشان بیرون کرده شیرین لبخند می‌زند، منیژه‌خانوم دختر خواهر نرگس‌خانوم بود که ما، رسیده که شد، خاطرخواهش بودیم و حرف هم زدیم و شیرینی‌اش را خوردیم، نشاندیمش سیکلش را بگیرد که بعد اگر خدا بخواهد او را بگیریم که قسمت نبود، نشد...

ریختند خانه‌شان گرفتند بردند دیگر نیاوردند. حالا ما کاری نداریم...

ما رفتیم عقبش پاسگاه گفتند به ما دخلی ندارد بروید کمیته، رفتیم، گفتند شما کی او باشید، گفتیم. ما را نگه داشتند، آمدند منزل ما را گشتند همه‌ی خانه را زیرو رو کردند و به هم ریختند و ما را ول کردند گفتند برو. هر چه پرس‌وجو کردیم چیزی نگفتند... چه بود و چه نبود و ما غصه‌دار شدیم سر به بیابان گذاشتیم. خدا خیرشان ندهد...

دیگر گذشت و گذشت و گذشت تا این‌که از عباس‌آقا خبر دار شدیم که این عکسش هست، همین عکس که پیش چشم شماست و منیژه‌خانوم این‌جا کله‌اش از لای در حیاط پیداست و این قدر شیرین لبخند می‌زند.

خودتان نگاه کنید ترا به خدا ببینید چقدر شیرین و ملیح لبخند می‌زند! حالا کجاست، کجا حبس است، کجا دفن است کسی نمی‌داند. ما دیگر هیچ از او خبر نداریم. خدا خیرشان ندهد...

همه این‌ها توی عکس حالا مرده‌اند، فقط ما داغدار مانده‌ایم و همین داغ ما را هم امروز یا فردا می‌کشد.

چایتان که سرد شد... زندگی هم همین است، داغ است و زود سرد می‌شود... آی قهوه‌چی جان قربان دستت این چای را عوض کن داغش را بیاور.

پس کی آزاد می‌شیم ...

جمع‌مون جمع بود، دوتامون کم بود، وقتمونم تنگ بود.

حوالی غروب باید می‌رسیدیم اون‌جا.

همه چیو ورداشتیم، چی باید ورداریم؟ چی لازمه مگه؟...

داود گفت کجا مگه می‌خواییم بریم که وسیله احتیاج باشه؟...

ممد گفت آب ببریم که تشنه‌مون شد...

مجید گفت خاک تو سرت، سیل زمانه ما و زندگی و جوانی و
آرزوهامونو برده، تو تو فکر آب خوردنی؟...

ممد از خجالت سرشو پایین انداخت.

گفتیم پس حالا که این‌جوره، پس هیچی کم نیس.

قادر و اسمال و امید و آرزو جلو در منتظر بودن.

داود گفت وایسیم اون دوتام بیان.

گفتم نه، شاید جا زدهن، بی خیال! دیگه وقت برا تلف کردن نداریم، پاشیم.

پا شدیم. پا شدیم راه افتادیم.

اولش هنوز کمی مضطرب بودیم شل راه می رفتیم. ولی بعد که به جوانی و امید و آرزوهای بربادرفته و فرصت‌ها و عمر هدررفته فکر کردیم مصمم‌تر شدیم و خودمونو صاف و صوف کردیم و محکم قدم زدیم به سمت میدون شهر.

یه روز عادی بود، اما برا ما نبود. ما دیگه نمی‌خواستیم، یعنی دیگه نمی‌تونستیم، یعنی دیگه به این‌جامون رسیده بود. یعنی دیگه باید می‌زد بیرون، وگرنه می‌ریخت درونو ویرون می‌کرد.

ما باید خودمونو بیان می‌کردیم. باید می گفتیم که چه بخت‌برگشته‌ایم!

به مرکز شهر و نقطه‌ی مورد نظر که رسیدیم شروع شد، بی‌مقدمه شروع شد؛ اول داود شروع کرد. هق هق کرد.

ما ساکت وایساده بودیم توی منطقه‌ای که فروشگاه‌ها بودن و رفت و آمد زیاد بود و خوب جلب نظر می‌کرد.

قادر و اسمال و امید و آرزو سرشون پایین بود. ممد هم یواش‌یواش شروع کرد به گریه. منم یهو بغضم ترکید، زدم زیر گریه: «آخه چرا ما پیروز نمی‌شیم؟ آخه چرا ما آزاد نمی‌شیم؟»

هر سه هق‌هق‌کنان زار می‌زدیم: «آخه چرا ما پیروز نمی‌شیم؟ آخه چرا ما آزاد نمی‌شیم؟ آخه چرا ما به آزادی نمی‌رسیم؟»

رهگذرها که اکثراً خارجی بودند، اغلب بی‌اعتناء رد می‌شدند. بعضی وامی‌ستادن نگاهی می‌نداختن، می‌رفتن. یکی هم انگار یه سکه پیش پامون انداخت که بر نداشتیم. بقیه اما از ما فاصله می‌گرفتن و کم‌کم ما موندیم وسط و چند تایی دور و برمون حلقه زدن و ما همچنان زار می‌زدیم.

داود گفت: «خسته شدیم، کلافه شدیم.» ممد هق‌هق‌کنان ادامه داد: «آخه کی پیروز می‌شیم لاکردار! کی؟ ...»

بغض من هم ترکید، بریده‌بریده گفتم: «آخه کی پیروز می‌شیم؟ کی آزاد می‌شیم؟ زندگیمون رفت، عمرمون تموم شد. آخه چرا ما به آزادی نمی رسیم؟... »

داود چنان سخت گریه می‌کرد که دو تا از رهگذرا خواستن بیان کمکش، اما ممد هق‌هق‌کنان نذاشت و خواهش کرد اونو به حال خودش بذارن.

احساس ترحم دیگران حس غریبیِ ما رو بر انگیخت و خودمون رو تنهاتر حس کردیم و عمیق‌تر زار زدیم.

حلقه‌ی دور و برمون تنگ‌تر و شلوغ‌تر شده بود...

در همین حالِ گریه بودیم که دو تا پلیس اومدن حلقه‌ی جماعت دورمونو شکافتن و پرسیدن آنجا چکار می‌کنیم؟ آیا حالمان خوب است، یا باید آمبولانس خبر کنند؟

هق‌هق‌کنان کمکشان را رد کردیم و هاج و واج به ما نگاه کردن. نمی‌دونستن با ما چکار کنن. بعد یکی‌شون از ما کارت شناسایی خواست و اون یکی جمعیت دورو برمون رو متفرق کرد.

پرسیدن مجوز تظاهرات دارین؟ اینو که گفتن، گویی نیشتر به زخممون زدن. گفتیم چه تظاهراتی! چه مجوزی! ما به آخر خط رسیده‌ایم. چه کنیم؟ دیگه چه کنیم که آزاد شیم؟ و زارزار گریه کردیم.

پلیس‌ها چیزهایی یادداشت کردن و گفتن: «برید. اگه ادامه بدین مجبوریم به جرم سد معبر و برپایی تظاهرات اعلان‌نشده بازداشتتون کنیم.»

یکی‌شون که مهربون‌تر به نظر می‌رسید، تحت تأثیر زاری ما پرسید: «از کسی شکایتی دارین؟» اینو که گفت باز اشک ما روان

شد. گفتیم فقط از خودمون. فقط از خودمون و از روزگار لاکردار.

یک‌باره قادر و اسمال و امید و آرزو هم که ساکت و غمگین بودن، زدن زیر گریه.

خلاصه کارتای شناسایی‌مونو دادن دستمون، راهیمون کردند بریم. مام یواش‌یواش رفتیم. اما توی راه همچنان گریه می‌کردیم.

دو، سه تا پیرمرد و پیرزن هم که از اول در حلقه‌ی دور ما بودن، همچنان وایساده بودند دستاشونو انداخته بودند گردن هم همدردانه گریه می‌کردن.

تمام راه گریستیم.

نزدیکی‌های خونه که رسیدیم سر و کله سوسن و پروانه -دو تا غایب‌هامون- هم از دور پیدا شد. دو طرف یک پلاکارد بزرگ پارچه‌ای رو دستشون گرفته بودن که روش درشت نوشته بود: «آخه چرا پیروز نمی‌شیم؟ آخه پس کی آزاد می‌شیم؟»

تا دیدیم‌شون یک‌باره همگی باز زیر گریه زدیم.

گریه آدم رو سبک می‌کنه. خلاصه کمی سبک شدیم و آروم برگشتیم خونه.

خیابون و کوچه و دور و بر خونه همه چیز عادی بود.
انگارنه‌انگار که ما اون‌همه گریه کرده‌ایم.

آقا ما مرده بودیم...

آقا ما مرده بودیم، گشنه‌مون شده بود چه جور...

شما مرده رو می‌ذارین تو قبر روش خاک می‌ریزین، تو سر و سینه‌تون می‌زنین، ونگ‌ونگ می‌کنین، فکر می‌کنین تموم شد، راه‌تونو می‌کشین می‌رین... اما نه عزیز جان! تازه اولشه! اون پایین روح می‌آد بیرون و روز از نو روزی از نو.

شِر و وِر می‌گن مُردی دیگه تموم شد. نه آقا، تازه اول بدبختیه! اون پایین هم مثل اون بالا باهاس سگدو بزنی واسه یه لقمه نون. نون کجا پیدا می‌شه میون ارواح!

عزادارا که بند و بساطشونو جمع کردن رفتن، راه افتادیم ببینیم کجا چی می‌شه خورد. ما دیر حالیمون شد که: آقا بخور، بعد کپه مرگتو بذار، که لااقل سرتو گذاشتی مُردی، یکی دو روز ذخیره داشته باشی.

قدیم‌قدیما تو مصر باستان یارو که می‌مرد کلی زینت‌آلات و خوراکی و لباس و ظرف هم تو قبر می‌ذاشتن که یارو اون پایین نچاد و از گشنگی هلاک نشه. بعدنا که انسان‌ها مثلاً عاقل و

باسواد شدن این رسم و رسومات رو ورداشتن و نسل ما مرده‌های امروزی عاطل و باطل موندیم...

شب اول قبر و نکیر منکر و این برنامه‌ها آره هست، منتها برای آمارگیری و حساب کتابای خودشونه. وگرنه کسی سین جیم نمی‌شه برای کارایی که کرده یا نکرده. کسی اصلاً وقت و حوصله‌ی این کارا رو نداره.

این‌جا که می‌آی باید به فکر خودت باشی و یه جوری گلیمتو مثل اون بالا از آب بکشی بیرون.

اول برو ببین رفیق مفیقی، فک و فامیلی چیزی پیدا می‌کنی تا راه و چاهو نشونت بدن.

ما تا مُردیم رفتیم تو چال، قاسم‌لبو و داودمشنگ و علی‌خُله و بقیه‌ی بروبچ که تو چاقوکشی‌ها ولو شده بودن، جلومون سبز شدن و یهو جمعمون جمع شد، هوس کردیم مثل اون روزا اون بالا بریم عرق بخوریم. رفتیم سراغ یارو ارمنیه که از آشناهای سابق بود و غذاهاشو از ته‌مونده‌ی غذاهای زنده‌ها تأمین می‌کرد. عرق مرق و مخلفات و یه قدری کباب مباب همراش کردیم زدیم تو رگ، اما مصبشو، خوب حال نداد، یعنی مزه نداشت.

علی‌خله که یه قدری زودتر مرده بود، آمار اینها رو بهتر داشت. می‌گفت این‌جا همه چی هست، اما هیچی مزه نداره، حال

نمی‌ده. مزه و حال و لذت مال اون بالاست. ما این‌جا روحیم و روح‌جماعت حال مال حالیش نیست. روحیم، اما بی‌روحیم...

ما خدا را هم با اجازه‌ت زیارت کردیم. بنده‌ی خدا یه پیرمرد افتاده‌حالی بود که هر کی می‌مُرد، می‌رفت بالا سرش دستی به سر و گوشش می‌کشید. گفتیم: «شما کجا! این‌جا کجا!» گفت: «مام یکی مثل شماها...» گفتیم: «پس اون داستان‌های خدا و شیطان و این حرفا همه‌ش سرکاری بود؟» گفت: «همه‌ش.» گفتیم: «بهشت و جهنم و فرشته و حوری موری اینا چی؟» گفت: «همه‌ش اون بالا میون زنده‌هاست.»

گفتیم: «شما خودت تو کتابت می‌گفتی.» گفت: «من کی گفتم؟ شماها خودتون تو دهن من گذاشتین.» گفتیم: «پس اون همه کتابای دینی چی؟» گفت: «همه رو خودتون نوشتین.»

آقا ما رو می‌گی! گفتیم ببین چه رو دست خوردیم! گفتیم آخه این چه زندگیه لاکردار...

گفت: «این‌جا دیگه زندگی نداریم، فقط مُردگی داریم.»

گفتیم: «این یارو شیطون کو؟» گفت: «همین دورو براس. اونم یه بدبختی مثل من. ما تو این داستانای شماها نقش پلیس خوب و پلیس بد رو بازی می‌کردیم، اما خودمون خبر نداشتیم.»

گله کردیم از سردی و بی‌مزگی زندگی روحی. قبول کرد، گفت: «عوضش زندگی روحیتون بی‌انتهاست.» پرسیدیم یعنی چی. گفت: «دیگه مرگ و این حرفا تو کار نیست، اما مزه و صفا و لذت هم تو کار نیست.»

اسمال بی‌کله هم که وصیت کرده بود تیزیشو موقع دفن یواشکی بذاریم تو گورش، تیزی رو در آورد گفت: «آخه این‌جا تیزی هم دیگه تیز نیست، چه خاکی تو سرمون بریزیم؟» خدا خندید، گفت: «آره، تازه تیز باشه، شکم کیو می‌خوای سفره کنی؟ اینا همه روحند.» همه زدیم زیر خنده...

اسمال بی‌کله بدجوری بور شده بود. اسمال همه‌ی زندگیش تیزی بود و بدون تیزی کارش از پیش نمی‌رفت.

رفت پیش خدا ملتمسانه گفت: «ما جوون‌مرگ شدیم، اگه می‌شه، اگه راهی داره ما رو بفرستین اون بالا یه خرده زندگی کنیم زود برمی‌گردیم.»

خدا چیزی نگفت، فقط پوزخند زد.

اسمال بی‌کله بدجوری کفری شد، رفت میون ارواح تیزیشو در آورد عربده کشید: «اون از زندگیمون... این از مردگیمون... تف به جفتشون که از هیچ‌کدوم شانس نیوردیم...»

ارواح دوپشته جمع شده بودن. خدا سرش پایین بود و شیطان که
معلوم نبود از کجا پیداش شده بود، خوش‌خوشک گوشه‌ای
سیگار می‌کشید، سیگار بی‌مزه‌ای که معلوم نبود توتونش را از
کجا کش رفته بود.

مست که می‌شم...

مست که می‌شم دیگه حالیم نیست کجام، کجا می‌رم... دیدم جلوی خونه‌ی علی اینام. زنگو زدم، حواسم نبود زندانه. مادرش اومد جلوی پنجره، مثل اون روزای بچگی که درشونو می‌زدم با علی بریم بازی. نیگام کرد، سلام کردم. چیزی گفت یا نگفت، نفهمیدم. گیج بود، یا من منگ بودم. دیگه نپرسیدم علی کجاست...

رامو کشیدم، رفتم رفتم، در خونه‌ی اسمال اینا مکث کردم، اسمال که پارسال اعدام شد. اومدم برم، دااشش با موتور درو چارطاق وا کرد، سلام کردم جواب نداد. موتورو آتیش کرد رفت...

رامو کشیدم رفتم. از پشت سر مرده می‌بردند. اومدن از من رد شدن. «لا اله الا الله...» کی بود مرده بود؟ نفهمیدم...

دیدم دارن از سر کوچه انگار جهاز می‌آرن، جهاز فاطی خودمون، همبازی بچه‌های کوچه‌ی خودمون. کسی هلهله نمی‌کرد، چون زیاد آدم می‌مرد، زیاد. همیشه یکی یه جا عزادار بود...

داماد یه یارو پیریه بود که اومده بود فاطی یازده‌ساله رو ببره ده، از مادر پیر و گوسفنداش مراقبت کنه.

عجالتاً از سمساری آینه شمعدون و یه کمد گنده خریده بودن که هر کاری می‌کردن از پله‌های تنگ خونه بالا نمی‌رفت. اتاق فاطی و شیش تا برادر و خواهراش و نامادری و باباش اون بالا بود و معلوم نبود کمدو کجای اتاق می‌خوان بذارن. چند تا مرد داشتن زور می‌زدن و نمی‌شد. بس‌که کمد سنگین و گنده و راه‌پله تنگ بود.

فاطی خودش نبود. می‌گفتن یه‌راست رفته ده پیش گوسفندا...

تو قایم‌باشک‌بازی چقدر خوب می‌شد میون گوسفندا قایم شد... تو محل چشم می‌ذاشتن، تا بیست می‌شمردن، همه برن قایم شن و بعد سوک‌سوک پیدا شن یا نشن.

بچه‌ها آخرین بار که چشم گذاشتن، فاطی رفت قایم شد، بعد دیگه پیدا نشد، گم شد، تا امروز که جهازشو آوردن...

مست که می‌شم دیگه حالیم نیست کجام، کجا می‌رم.

سر کوچه هنوز حجله‌ی نادر جوان ناکام که خودکشی کرده بود، برقرار بود. قاب عکسشو لای شمعدونیا گذاشته بودن. رفتم سیخ وایسادم کنارش. چقدر شبیه خودم بود. خوشم می‌اومد

مردم رد می‌شن یه بارم که شده با احترام و حسرت نیگام می‌کنن، افسوس می‌خورن که چه حیف! ناکام رفتم. دلم به حال خودم سوخت. بغضم گرفت.

زنا یه نیگا می‌کردن به قاب عکس، یه نیگا به من، فاتحه می‌خوندن، می‌رفتن...

مست که می‌شم دیگه حالیم نیست کجام.

یعنی الان من مرده‌م؟

خیالِ مستی

من بودم، حسن یه‌ور بود، اصغر خره بود، علی فسقل و دااششش هم بودند.

نصفه‌های شب داشتیم سلونه‌سلونه می‌رفتیم خونه‌ی رسول مشکی عرق بخوریم. مدت‌ها بود یه چیکه عرق به گلومون نرسیده بود و بدجوری طالب بودیم. عرق کجا گیر می‌اومد تو اون هیر و ویر! کیمیا بود! تازه اگرم پیدا می‌شد کی پولشو داشت؟ تازه اطمینون هم نمی‌شد کرد.

رسول مشکی یه یارو ارمنیه رو تو آمل می‌شناخت، هر شیش ماه که با کامیون باباش بار می‌برد، عرق هم یواشکی می‌آورد. گفته بود دو بطر آورده و دمش گرم فقط هم به ما گفته بود. از یه ماه پیش وعده داده بود و ما یه ماه در حسرت پاتیلی امشب بودیم.

نزدیکای خونه‌ش که رسیدیم دیدیم شلوغه، جا خوردیم؛ نکنه مأمورا ریخته‌ن خونه‌گردی... علی فسقل و دااششو فرستادیم برن سروگوش آب بدن... رفتن و جلدی برگشتن. گفتن بروبچ خودمون از محله‌های دیگه‌ن، اومدن عرق بخورن.

آقا ما رو می‌گی، گفتیم دو بطر عرق این همه مفت‌خور داره؟ تازه رسول مشکی فقط به ما گفته، این لاشخورا از کجا سبز شدن؟ مگه اونا تو محله‌شون عرق می‌خورن مارم خبر می‌کنن؟...

خلاصه که پکر شدیم و پکرتر هم شدیم چون هر چی به خونه نزدیک‌تر می‌شدیم، جمعیت جلوی خونه بیشتر می‌شد. علی فسقل یه‌دفه دم داد: «نثار گل روی همه مردا صلوات!» فرستادیم و یهو همسایه‌ها چراغاشون روشن شد... ما ساکت شدیم، صبر کردیم چراغا خاموش شه. جلوی دهن علی فسقلو گرفتیم دوم صلواتو دم نگیره...

خلاصه آقا رسیدیم دیدیم یزیدتو! سرانگشتی هفتاد، هشتاد تا هستیم...

چه کنیم چه نکنیم، رسول مشکی اومد بیرون همه رو ساکت کرد گفت: «آقا با قطره‌چکون هرکیو دو قطره می‌چکونم تو گلوش تا به همه برسه.» یکی از میون جمع خواست صلوات بفرسته که خفه‌ش کردن.

چکوند و چکوند و چکوند و ما همه له‌له‌زنان در انتظار یه چکه از قطره‌چکون...

به اصغر خره که رسید، چکونده نچکونده خیال کرد مست شده عربده کشید و تیزی رو کشید به صورت ممد جفنگ از محله‌ی روبرویی که پارسال آبجیشو نداده بود به اصغر که خاطرخواه و خواستگارش بود. از اون‌ور هم داود شَله قمه رو کشوند تو پشت جواد کج‌دست و پشتشو از بالا تا پایین جر داد. قاسم یخی خنجر کشید رو ممد بربری و داداش ممد هم شمشیر زد به سر داداش قاسم که تازه دو تا چیکه‌شو تو حلقش گرفته بود.

تیزی و عربده و عرق و خون قاطی شد...

رسول هم که این‌جور دید گفت: «آقا حضرت عباسی آخرین چیکه‌شو چکوندم، خوش اومدین!» تا اینو گفت رمضون بادمجون با تبر کوبید تو فرقش. رسول هم خونین و مالین در رفت، درو پشتش بست...

چراغای همه محل روشن شده بود و پنجره‌ها هم باز...

ما موندیم و تیزی‌هامون با دو چیکه عرق ته گلوهامون و خیال خوش مستی.

چند تایی رو که خونین و مالین بودن، راست و ریس کردیم و چند تایی رو هم که هنوز درگیر بودن، سوا کردیم و دسته‌دسته با خیال مستی تلوتلوخورون هر کدوم برگشتیم طرف محلاتمون.

اکبر فلاح‌زاده

دیگه داشت چیکه‌چیکه صبح می‌شد.

دو تابعیتی

اون روزای اول ما هنوز نمی‌دونستیم دو تابعیتی چیه.

یه روز مهدی لاشخور و جواد بی‌کله گفتن بریم فرودگاه شلوغ شده. گفتم: «چی شده؟» گفتن: «مث این‌که یه یارو دو تابعیتی رو گرفته‌ن دارن می‌زنن.» گفتم: «دو تا چی‌چی؟» گفتن: «دو تابعیتی.»

من فکر کردم اینایی رو می‌گن که دم دارن.

خلاصه رفتیم سمت فرودگاه، اما دیر رسیدیم. دیگه گویا جمع کرده بودن و بروبچ تو فرودگاه گفتن یارو رو بردن اوین.

بعدنا یکی به تور گشتمون خورد طرفای درکه، اومده بود با شورت بره کوهنوردی. گرفتیم تنبونشو کشیدیم پایین و پاسپورتشو از جیبش در آوردیم. مهدی لاشخور خندید گفت: «دو تابعیتیه مادرقحبه!»

جواد بی‌کله گفت: «یعنی چی؟»

مهدی گفت: «یعنی وطن بی‌وطن، خارج و خارجی رو عشقه!»

جواد بی‌کله گفت: «یعنی ایران و دین و ایمون و ناموسو یه‌جا فروخته؟»

مهدی گفت: «یه همچین چیزایی.»

جواد بی‌کله داغ کرد، قاطی کرد، یقه‌شو چنگ زد گفت: «آخه بی‌ناموس وطن‌فروش! بچه مسلمون می‌ره دو تابعیتی می‌شه؟ جاکش مادر به خطا!»

مهدی لاشخور یه پس‌گردنی بهش زد گفت: «وطن به این خوبیو ول می‌کنی، می‌شاشی به مادر و شیر مادر و ناموس خواهرت می‌ری یه وطن غریبه؟ دیوث!» بعد پولاشو گرفت یه اوردنگی بهش زد ولش کرد بره...

اینا بود، بود... تا این‌که بعدنا یه روز بروبچ خبر دادن اصغر پنچری رو گرفته‌ن. جلدی با مهدی لاشخور موتورو آتیش کردیم گازیدیم فرودگاه، دیدیم آره خودشه، خود خودشه. اصغر پنچری که چندسالی غیبش زده بود حالا یهو پیداش شده بود. شورت مورت پاش نبود، اما خیلی قرتی و خوشبو شده بود. آوردیمش بیرون گفتیم: «چه حال؟! چه خبر؟!»

گفت: «از کانادا اومده‌م آبجیمو ببرم اون‌ور آب.»

گفتم: «چاییدی!» گفت: «چطور؟» گفتم: «زاییدی!» گفت: «چطور؟» گفتم: «آبجیتو می‌دی من، دو تامونو می‌بری اون‌ور آب.» گفت: «نه.» گفتم: «آره.» گفت: «نه.» گفتم: «آره.» گفت: «نه.» گفتم: «آره.» گفت: «اگه ندم چی؟» گفتم: «دو سال می‌ندازمت آب خنک بخوری.»

گفت: «مگه کشکه؟! مملکت قانون داره.» مهدی لاشخور خندید، یقه‌شو گرفت، گفت: «قانونش ماییم دیگه، حالیته؟!»

گلوشو فشار می‌داد، خفه‌ش کنه. نذاشتم. گفتم: «این سر به‌راه‌س.» کشوندمش کنار، خفتشو گرفتم، گفتم: «نجاتت دادم، حالا آره یا نه؟» چیزی نگفت. بیشتر فشار دادم، صورتش سرخ شد، چشاش ورقلمبید، بیشتر فشار دادم، وا رفت، یواش از ته گلو خرخر کرد: «آره.» ولش کردم.

اینا بود، بود، بود... تا چند سال بعد کانادا، اومد تو صرافی جواد بی‌کله تو تورنتو دلار چنج کنه. جا خورد من و مهدی لاشخور رو هم اون‌جا دید.

لاغرتر شده بود، اما هنوز مثل اون‌وقتا بوی چسب پنچرگیری و لاستیک دوچرخه می داد. بفهمی‌نفهمی گیج می‌زد، انگار چیز میزی می‌زد. دلم سوخت، دستمو بردم سمت سرش، ترسید، انگار می‌خوام یقه‌شو بگیرم خفه‌ش کنم.

گفتم: «نترس بابا، اون‌ور آبیم...»

مهدی لاشخور و جواد بی‌کله زدن زیر خنده.

دلاراشو چنج کردیم، یه آبجوی تگری هم دادیم دستش نشئه شه.

آبجو رو گذاشت، بی‌خداحافظی رفت، مرتیکه‌ی نمک‌نشناس...

عینک‌دودی

گفتیم عینک‌دودی بزنیم بلکه خوش‌نما شیم، یه زیدی یزیدی چیزی تحویلمون بگیره از این بی‌سروسامونی نجات پیدا کنیم...

سر و صورتو صفا دادیم و عینکه رو زدیم راه افتادیم. آقا همه جا تیره، تیره، تیره... عینکش بدجوری دود داشت. اما دید زدن باهاش حال می‌داد، اصلاً یه حال دیگه‌ای می‌داد و آدم یه حال دیگه‌ای می‌شد...

اما کو زید؟! ما که عینک دودی زدیم، انگار همه دود شدن، رفتن هوا...

این‌ور رو بسوک، خبری نیست، اون‌ور رو بسوک، باز هم خبری نیست. سر و گردنو صاف کردیم رو به جلو، همین‌جور جیمز باندی صاف رفتیم، رفتیم، رفتیم، سر چهارراه دو تا پلیس یهو جلومون سبز شدن.

«کارت شناسایی!» ما رو می‌گی! پرسیدیم: «ببخشین، برای چی؟!» دوباره گفتن: «کارت شناسایی!»

دیدیم نمی‌شه با اینا جر کرد. در آوردیم، رو کردیم. یه نگاهی به کارته کردن، یه نگاهی به ما. گفتند: «عینکتو بردار!» برداشتیم. دوباره یه نگاه به کارت، یه نگاه به ما، بعد یه چیزایی با خودشون پچ‌پچ کردن و کارته رو دادن دستمون، گفتن: «بفرمایید...»

کجا بفرماییم... اومدیم حال کنیم، حالمونو گرفتن. این دیگه چه جورشه... کفری شدیم، کمی که رفتیم، برگشتیم دو تا فحش حواله‌شون کنیم، دیدیم همونجا میخ شدهن، با بی‌سیم ور می‌زنن... رومون رو این‌ور کردیم، دیدیم دو تا گشتی پلیس از روبرو می‌آن...

گفتیم بی خیال! عینک دودی و زیدا رو عشق است...

تو همه‌ی فیلمای عشقی و بزن بزن که من دیده بودم، یارو آرتیسته عینک‌دودی داشت. حکمتی لابد تو این کار بوده...

آقا ما دیدزنان می‌رفتیم و حس می‌کردیم رهگذرا یه جورایی بیشتر تحویلمون می‌گیرن و با عینک بیشتر رعایت قیافه‌مون رو می‌کنن. خودمونم همچین بفهمی‌نفهمی احساس می‌کردیم یه آدم دیگه شدهیم. نمی‌دونم چرا این‌قدر دیر به فکر عینک افتادیم...

خلاصه مطلب که هنوز به زید میدی چیزی برنخورده بودیم و غرق تماشای مانکن‌های یه بوتیک بودیم که یهو تو شیشه‌ی

ویترین دیدیم ای دل غافل! دو تا پلیس لندهور پشتمون وایسادهن، ما رو زاغ می‌زنن. تف به گور پدرتون!

تا برگشتیم، گفتن: «کارت شناسایی!»

جا خوردیم، گفتیم: «همین چن دقه پیش به دو تا تون نشون دادیم.»

گفتن: «یه بار دیگه...»

گفتیم: «آخه واسه چی؟!»

خونسرد گفتند: «کارت شناسایی...»

درآوردیم، دوباره رو کردیم، بلکه شرشون کم شه.

اصلاً نگاه نکردن، به یه طرف دیگه نگاه کردن؛ یکی به این سمت، یکی به اون سمت... اسم و فامیل و تولد و آدرسو پرسیدن.

همه رو که گفتیم، گفتن: «حالا کجا تشریف می‌برین؟»

گفتیم: «می‌ریم یه طرفی دیگه.»

گفتن: «کجا؟»

مات موندیم. گفتیم: «قرار دارم با یکی.» که بیشتر پیله نکنن، ولمون کنن برن... گفتن: «با کی؟»

گفتیم: «با یکی دیگه...»

گفتن: «کدوم یکی؟»

گفتیم: «ببخشید، این سوالا برا چیه؟ جاسوس مگه گرفتین...»

به همدیگه نگاه کردن، گفتن: «چطور مگه؟!»

گفتیم: «آخه شاید عینک‌دودی زده‌م، شما فکر کرده‌ین مامور ویژه‌ی جایی هستم...»

گفتند: «چه جایی؟!»

گفتیم: «چه می‌دونم! اداره اطلاعاتی، سازمان جاسوسی، از این چیزا...»

مشکوک به همدیگه نگاه کردن و یکیشون بیسیمش رو روشن کرد و از ما کمی دور شد و با یه جایی تماس گرفت. بعد اومد با این یکی پچ‌پچ کرد و گفت: «بفرمایید.»

گفتیم: «ببخشید، کجا بفرماییم؟»

به همدیگه نگاه کردن و زل زدن به ما و چیزی نگفتن. دو تا گشتی دیگه هم از روبرو اومدن و یواش از ما دور شدن...

یواش‌یواش هول ورمون داشت. سیگاری آتیش زدیم و شروع کردیم به قدم زدن...

احساس می‌کردیم یه چیزایی، یه جورایی داره مشکوک می‌زنه. شاید ما رو با یکی اشتباه گرفته‌ن. تو خیلی از این فیلمهای سینمایی هم یه همچین چیزایی پیش می‌آد که داستان فیلم پر کشش و هیجان‌انگیز بشه... سرمون داشت کمی گیج می‌خورد.

خواستیم عینکو ور داریم، اما گفتیم نه، بذار باز باشه شاید یه خبری بشه، که دست بر قضا شد. باور نکردنی بود؛

شد. یک‌دفعه شد... یهو به خودمون اومدیم، دیدیم یه زیدی داره از روبرو می‌آد. چه زیدی! هوش و حواسمون رفت و همه چیو فراموش کردیم.

نزدیک ما که شد، روسریش رو که شل بسته بود، عشوه‌گرانه وا کرد و یه لبخند شیرینی تحویلمون داد که نگو.

قند تو دلمون آب شد. گفتیم یزیدتو! دم این عینک دودی گرم!

تا خواست از کنارمون رد شه، گفتیم: «سلام.»

گفت: «سلام.»

آقا ما رو می‌گی! گفتیم: «ببخشید...»

با ناز گفت: «خواهش می‌کنم.»

گفتیم: «شما رو من جایی تو فرودگاه ندیده‌م؟»

گفت: «نمی‌دونم، مگه شما از خارج می‌آیین؟!»

گفتیم: «بله، با اجازه‌تون هفته‌ی قبل از آمریکا اومدم، چند روزی به کارام سرو صورتی بدم برگردم.»

گفت: «چه خوب، پس دو تابعیتی هستین؟!»

گفتیم: «با اجازه‌تون...»

بعد دیدیم زمینه‌ش هست، یه چیزی بگیم به تیپ و عینکمون بخوره،

گفتیم: «اسم من مارتینه.»

گفت: «چه اسم باکلاس و قشنگی.»

گفتیم: «ممنون، شما؟»

جلوی خانه‌ی ما یکی مرده بود

گفت: «من پرستو هستم!»

گفتیم: «بله؟!»

گفت: «پرستو!»

دلمون هُری ریخت پایین...

یه کلاغ، انگار که یه پهپاد جاسوسی، از بالا سرم قیژی کرد رفت.

یه ماشین گشت هم از پشت اومد یواش از ما عبور کرد.

نمی‌دونم چی شد که عینکم افتاد... وا رفتم؛ همه جا پیش چشمم دودی شد.

باغبان‌ها قاتلان خوبی‌اند

باغبان‌ها قاتلان خوبی‌اند؛ بیل و خاک دم دستشان است، کافی است جنازه را از داخل خانه به باغ بکشانند و چال کنند. در باغ تمام تسهیلات قتل مهیاست؛

با بیل توی سر مقتول می‌کوبند و او را کشان‌کشان به باغ می‌کشانند، سیگاری می‌گیرانند و بعد سر فرصت زمین پای درختچه‌ها را می‌کَنند و خاکش می‌کنند. یک سیگار دیگر می‌گیرانند و سیگارکشان به داخل عمارت می‌روند، لکه‌های خون را پاک می‌کنند و باز به باغ بر می‌گردند...

کِشتن و کُشتن دو جور خوانده، اما یک‌جور نوشته می‌شوند. «چو بنگری همه برزیگران یکدگریم.»

داری درختچه‌ها را برای مهمانی شبانه‌ی خانم هرس می‌کنی که چشمت می‌افتد به داخل عمارت و خانم را نیمه‌برهنه در آغوش لندهوری غریبه در حال رقص می‌بینی... چه کنی؟ باز بی‌اعتنا انگار چیزی ندیده‌ای بیل بزنی؟ یا تماشا کنی که چطور همدیگر را می‌بوسند؟

یک نگاه به باغ، یک نگاه به سروگردن لخت خانم در بغل لندهور... آقا کجاست؟ مسافرت. لندهور کیست؟ از خانم باید پرسید. از خانم می‌شود پرسید؟ نه. با آن اخلاق سگش! پس چه باید کرد؟

نگاه کن، حرص بخور، بیل بزن، بیل بزن، نگاه کن، حرص بخور... و یک‌باره سوزش دست و خاری که دست را خراشیده. خون... خون را می‌مکی و خون‌مِکان تماشا می‌کنی داخل عمارت را. کی تمام می‌کنند این رقص و بوسه را؟ کی تمام می‌کنند؟

خون می‌مکی، خون‌مِکان جلو می‌روی، جلو می‌روی، با بیلچه جلو می‌روی، داخل عمارت می‌شوی. نگاهشان می‌کنی، در آغوش همند و نگاهت نمی‌کنند، بس‌که مستند، مثل چوب خشک جلویشان می‌ایستی و خون‌مکان وراندازشان می‌کنی، بلکه بس کنند، و چون نمی‌کنند ناگهان با بیلچه می‌کوبی به سر و رویشان...

می‌کوبی، می‌کوبی، می‌کوبی، می‌کوبی، آش و لاش که شدند بیلچه را پرت می‌کنی روی مبل‌ها، داخل باغ می‌شوی و خودت را روی چمن‌ها پرت می‌کنی و به ماه گرد کامل بالای سر نگاه می‌کنی.

چشم‌هات را می‌بندی؛ تمام شد، تمام کردند رقص و بوسه را و خودشان هم تمام شدند، تمام کردند. چشم‌هات باز می‌شوند: ماه همچنان نگاهت می‌کند.

می‌ترسی، می‌لرزی، پا می‌شوی، دست‌های خونی را با لباست پاک می‌کنی، دور و برت را می‌پایی، کسی نیست. با آب‌پاش دست و رویت را می‌شویی، داخل عمارت می‌روی، از دیدن جنازه‌های آش‌ولاش جا می‌خوری.

کی آن‌ها را کشته؟ کی؟!...

بیلچه را بر می‌داری، نگاهش می‌کنی، به سر تا پای خونی‌اش نگاه می‌کنی. جنازه‌ها را با بیلچه توی پارچه‌ی رومیزی می‌ریزی، آن را مثل بقچه گره می‌زنی. با پارچه‌ی روکش مبل‌ها زمین را تمیز می‌کنی و آنگاه بقچه را به داخل باغ می‌کشانی. دنبال جای چال می‌گردی. ته باغ را می‌یابی که علف‌ها و برگ‌های خشک را جمع کرده‌ای. برگ‌ها را کنار می‌زنی، زمین را با کلنگ می‌کنی و می‌کنی و گود که شد، بقچه‌ی جنازه را چال می‌کنی، خاک روش می‌ریزی و سطح آن را با برگ می‌پوشانی.

خسته و گیج و منگی. از قبر دور می‌شوی، می‌آیی جایی که ماه دیده می‌شود... می‌خواهی او را شاهد بگیری که چیزی نشده، چیزی ندیده، باغ همان باغ است...

با دست‌هایی که هنوز لکه‌های خون از آن‌ها پاک نشده، سیگاری می‌گیرانی و با لب‌هایی که خشک و چغر شده به سیگار پک می‌زنی و فکر می‌کنی کجا فرار کنی. آیا قبل از فرار به آقا در مسافرت خبر بدهی یا اینکه خودت را گم و گور کنی و بروی به روستایی که سال‌ها پیش بعد از زلزله جنازه‌های زن و سه دختر کوچکت را از زیر آوارش بیرون کشیدی و در چهار قبر کنار هم خاک کردی و به شهر آمدی؟

قتل گلویت را تلخ کرده، استفراغ می‌کنی، چشم‌هایت سیاهی می‌روند، کورمال کورمال به سمت در باغ می‌روی تا شبانه جایی به سمت سیاهی بروی، جایی که دیگر بوی خون ندهد، زنی ‌ که انگار زنِ زیر آوار مرده‌ی خود توست ‌ با مرد غریبه نرقصد. جایی که مرد غریبه‌ای خانم خانه را پیش چشم تو و در حضور درخت‌ها و گل‌هایی که تو کاشته‌ای نبوسد.

گیج و منگ در سیاهی تلوتلو می‌خوری. ماه رفته و کم‌کم آفتاب می‌زند و چهره‌ی خونین و لباس‌های خونینت نمایان می‌شوند و می‌آیند می‌گیرند، می‌برند، می‌کشندت.

ای کاش زلزله بیاید! زلزله اگر بیاید همه چیز را خراب و خاک و فراموش می‌کند. همه جا را قبر می‌کند. زلزله همه جا را مثل روستایی می‌کند که با زن و بچه‌هایت زیر خاک رفت و تو از آن رفتی و حالا گیج و منگ و خونین به آن باز می‌گردی.

کجا بود آن روستا؟ کدام سمت... کدام سمت باید رفت، وقتی همه جا سیاه است، قبر است، مثل قبر سیاه است...

غلومی

نشد ما برویم قهوه‌خانه، این غلومی آن‌جا نباشد. نه صاحب آن‌جاست، نه کارگرش، نه مهمان و مشتری‌اش. اما مثل سماور و قوری و قندان همیشه آن‌جاست. کِی می‌آید، کی می‌رود معلوم نیست، چون همیشه آن‌جاست.

مخلص همه هم هست و به همه، به رهگذرها یا راننده‌های ماشین‌های عبوری تکه می‌پراند: «هلاکتیم...»، «خاک پاتیم...»، «سیگارتیم... بکش تا دود شیم!»، «ذغال قلیونتیم، بکش تا خاکستر شیم!»، «ذغال قلیونتم رفیق! می‌سوزم تا بسازمت!»

چه می‌شود به او گفت؟ بهتر آن‌که هیچ گفته نشود. هر چه بگویی متناسب با آن سازش را کوک می‌کند: «چروک لباستیم، اتو بزنی هلاک شدیم!»، «زنگ در خونه‌تم، هر کس تو رو بخواد باید منو بزنه.»، «بند کفشتیم، گره بزن خفه شیم.»، «پاتو بلند کن، نفس بکشم.»

تکه‌های مد روز دیجیتالی هم می‌پراند: «یوزر پروفایلتم.»، «دکمه‌ی روشن خاموش گوشیتم.»

به همه هم دست‌به‌سینه بفرما می‌زند: «چاکریم، بفرمایید!» کجا بفرمایند، معلوم نیست. این‌ها تکیه‌کلام‌های اویند و کسی دنبال معنایشان نمی‌گردد.

لباس‌های مستعمل این و آن را می‌پوشد و ته‌مانده‌ی غذای مشتری‌ها را می‌خورد و سیگار هم مفتی می‌کشد. کجا می‌خوابد، کسی نمی‌داند.

خواسته بود در قهوه‌خانه بخوابد، قهوه‌چی اجازه نداده بود. چندی در خاک‌و خل‌های ساختمانی نیمه‌کاره خوابیده بود، اما معتادها از آن‌جا بیرونش کردند. در پارکی جایی دنج پیدا کرد که مأمور پارک چندی بعد او را لای درختچه‌ها پیدا کرد و بیرونش کرد. از آن‌جا کجا رفت، کسی نمی‌دانست. یکی می‌گفت در ایستگاه اتوبوس، مترو، زیر پل هوایی، داخل یک ماشین اسقاطی یا داخل یک پاساژ می‌خوابد. شایعاتی هم بود که پیرزنی را صیغه کرده و هر از چندی پیش او می‌رود. کدام پیرزن، معلوم نبود.

شیوه‌ی زندگی او و درگیر بودن هرروزه‌اش با زندگی بقیه، همه را نسبت به زندگی‌اش کنجکاو کرده بود. کسی او را نمی‌خواست، اما مزاحم هم نمی‌دانست. یک‌جوری با همه کنار می‌آمد. به موازات زندگی حرکت می‌کرد و با کسی برخورد نمی‌کرد.

زندگی‌اش را شاید بشود انگلی نامید، هر چند که این انگل به میزبان یا میزبانان خودش آسیب نمی‌زد و چیز چندانی از آن‌ها بیرون نمی‌کشید، چون به کم قانع بود. زندگی نیمه‌انگلی‌اش شاید به گیاه دارواش شبیه بود. دارواش روی درختان به سر می‌بَرَد و ریشه‌اش را درون تنه‌ی آن‌ها می‌فرستد و از میزبانش فقط آب می‌گیرد. بقیه‌ی مواد لازم را می‌تواند در برگ‌های خودش بسازد.

غلومی گدا نبود و نمی‌خواست آویزان کسی بشود و از او ارتزاق کند... از گذشته‌اش کسی چیز چندانی نمی‌دانست. به نظر می‌رسید چیزهایی داشته که از دست داده و دست به کارهایی زده که در آن‌ها در مانده و کم‌کم به حاشیه و قهوه‌خانه رانده شده.

او نمی‌توانست تنها بماند. چون خودش کاری نداشت، خودش را قاطی کار دیگران می‌کرد؛ به بنّایی این خانه کمک می‌کرد، به تمیز کردن باغچه و آب دادن به گلدان‌های آن یکی، تعمیر ماشین این و هل دادن ماشین آن. سور و ساتش هم عروسی و عزا بود. در عروسی کراوات می‌زد و قاطی هر دو خانواده‌ی عروس و داماد می‌لولید. وقت عزا هم با رخت سیاه در خدمت خانواده‌ی عزادار بود. محرم و عاشورا هم در هیئت مسجد فعالیت می‌کرد. نوروز اما به کلی دیگر می‌شد؛ صورتش را سیاه و رخت قرمز تن می‌کرد و قر می‌داد.

اوایل انقلاب که حاجی‌فیروزها را می‌زدند، کتک مفصلی از حزب‌اللهی‌ها خورده و دک و دماغش خرد شده و دایره‌زنگی‌اش شکسته بود. با بروبچ او را به بیمارستان بردیم و بعد از مرخصی هم مدتی بهش رسیدیم تا خودش را پیدا کند و همین رابطه‌ی مختصر یک جور دوستی پنهان بین ما ایجاده کرد و سبب شد او را جزو خودمان بدانیم و هر چند نه دوست، حداقل مزاحم ندانیم...

ما او را همیشه می‌دیدیم و به سلام و علیک‌های پر آب‌وتابش جواب می‌دادیم و با هر جواب به او اطمینان می‌دادیم که جزو ماست. او بخش لایتجزای زندگی محل ما شده بود.

خیابان که درخت دارد، جوی دارد، مغازه و قهوه‌خانه دارد، یک غلومی هم دارد که انگار کاشته شده باشد، مانند درخت از آب جوی سیراب و از ته‌مانده‌ی غذای این و آن سیر می‌شود و یک روز هم به‌ناگاه غیب می‌شود... آری غیب می‌شود. او همیشه نباید باشد. روزی هم آمد که نبود. ما می‌آییم و می‌رویم...

قهوه‌چی اولین کسی بود که متوجه نبودن او شد. بعد نانوایی لواشی آن‌ور خیابان که غلومی از آنجا نان برای قهوه‌خانه و چند تا از همسایه‌های محل می‌خرید. من شاید آخرین کسی بودم که وقتی بعد از کار با ماشین به خانه می‌آمدم، غلومی را ندیدم و

ماشین را که پارک می‌کردم، کسی برایم دست تکان نداد و سلام
و علیک نکرد.

چند روزی هم که گذشت چیز شگفتی روی داد، چیزی بس
شگفت؛ شاطر نانوایی آمد جلوی نانوایی و رو به ما در قهوه‌خانه
گفت: «باد بردش.» با تعجب نگاهش کردیم. تعریف کرد صبح
که شاگرد مغازه برای پخت آمده دیده باد آمده غلومی را سوار
کرده برده. کجا، نمی‌دانست، فقط برده. ما باور نکردیم، یکی
گفت: «باد آورده را باد می‌برد.» چند تایی خندیدند. من هم بعد
از خنده به خانه که می‌آمدم تصور کردم باد چگونه چنین کرده.
اگر کرده لابد باز هم می‌کند. از کی تا به حال باد آدم می‌بَرد؟ باد
برگ‌های خشک درختان را می‌برد. یعنی غلومی را هم برگی دیده
از درخت فرو افتاده، بر زمین مانده و خشکیده؟

شاید هم ماشینی عبوری او را سوار کرده برده، یا یک موتوری،
یا درشکه‌ای از سال‌های دورِ پیش از ما آمده او را سوار کرده به
سال‌های کودکی‌اش برده. سال‌هایی که پشت درشکه‌ها سوار
می‌شدیم و مجانی سواری می‌خوردیم تا یکی داد بزند: «
درشکه‌چی یه شلاق!»

غلومی درشکه دوست داشت، خیلی دوست داشت.

باد تندی ناگاه وزید و در پی آن درشکه‌ای از پیش قهوه‌خانه رد
شد.

درشکه‌ها که دیگر تمام شده‌اند، این از کجا آمده و به کجا می‌رود؟

شاطر نانوایی به دیدن درشکه از مغازه بیرون پرید، اشک‌ریزان داد زد: «غلومی خاکستر قلیونتیم!» غلومی از داخل درشکه جواب داد: «چاکریم، می‌سوزیم تا بسازیمت!»

چگونه چنین چیزهایی ممکن است؟ باد مگر او را نبرده بود؟!

گیج و منگ رفتم قهوه‌خانه قلیان سفارش دادم، منتظر ماندم بلکه درشکه‌ای بیاید مرا هم مانند غلومی ببرد.

سرانجام آمد...

سال‌ها سال بعد، سرانجام آمد، شکوهمند و مغرور.

عصایش را به میز تکیه داد و آرام نشست، انگار موجی عظیم که برخاسته و نرم فرو نشسته.

چه لبخند محبوب، محجوب و بزرگوارانه‌ای! چه نجابت سنگینی! چه صلابت عظیمی! چه عشق مهیبی!

گفت: «خب، این هم من.»

گفتم: «خوش آمدید. شاید از رؤیاهایم برون آمدید.»

عصایم را کنار عصایش به میز تکیه دادم.

گفت: «انتظار به سر رسید.»

گفتم: «عمر هم.»

و نشستم.

گفت: «نه، هنوز لختی مانده... شما به‌راستی این همه سال منتظر من بودید؟!»

گفتم: «سال‌های نخست آری، اما کم‌کم شما را به یادم سپردم و گاهی در خیال بوسیدم تا تازه بمانید.»

لبخندی دلنشین زد: «نشد...می‌دانید، نشد.»

گفتم: «بله نشد، زندگی است دیگر... »

گفت: «شما همان‌طور مانده‌اید که آن سال‌ها بودید.»

گفتم: «اما بسیار پیرتر.»

چیزی نگفت. لبخندی ملیح زد، شبیه لبخندش هنگام بوسیدن در خیالم.

به کوه کنارمان نگاه کرد.

گفتم: «هوس بالا رفتن دارید؟»

نگاهم کرد. عمیقاً نگاهم کرد و حلقه‌ای از اشک در چشمش دیدم؛ یعنی او هم به‌راستی مرا این همه سال دوست می‌داشته است؟ چگونه چنین چیزی ممکن بوده است؟...

او با آن همه زیبایی، اندوه ترانه‌های گفتارش، رقص موها، تنهایی دردهایش، و آن ستاره‌های ریز روی پیراهنش که همیشه آبی بود، چقدر آبی بود!

آرام برخاست، عصایش را برداشت و نرم اما مصمم به سمت کوه با آن قلّه برف‌گیرش روانه شد.

گفتم: «صبر کنید، با هم می‌رویم.»

خواستم برخیزم، به زمین افتادم، بغضم ترکید...

در یاد یا رؤیا دیدم باد او را با شتاب به سمت قلّه می‌بَرد و من ناتوان از رفتن، رفتن او را تماشا می‌کنم.

استخوان‌های روح زیر اندوه می‌شکند و رؤیا بی‌تاب می‌شود

هنگام که در حضور کوه،

زنی شکوهمند و باوقار

دور و در درون می‌شود.

مردمند دیگر...

مردم به تصور این‌که من خوشبختم، به سمتم می‌آیند، تماشایم می‌کنند، عکس می‌گیرند و می‌روند... مردمند دیگر.

شب که می‌شود خسته و افسرده از اسبم وسط میدان شهر پایین می‌آیم، به میانشان می‌روم و از دیدن این‌که چطور به همدیگر عشق می‌ورزند، حسرت می‌خورم.

من روزی سوار بر اسب در جستجوی عشقم به دوردست‌ها تاخته، همه چیزم را باخته و کنار معشوقه‌ام سر باخته‌ام.

نامم را به پاس بزرگ‌مردی‌هایم در تاریخ نگاشته، بر سر زبان‌ها انداخته و قصه‌ام را نسل در نسل باز گفته‌اند.

من و اسبم را از همین رو وسط میدان کاشته‌اند تا به یاد داشته باشند در راه عشق چه رشادت‌ها و از خودگذشتگی‌ها باید کرد و از چه خوان‌های سهمگینی گذر باید کرد.

قرن‌ها بعد از من و رنج‌هایم، بی‌آن‌که مانند من از خوان‌های سهمگین زمانه عبور کنند، همدیگر را به سادگی بغل می‌کنند و می‌بوسند.

من با تمام دردهای تاریخی‌ام حسرت بوسه‌های آن‌ها را می‌خورم، آن‌ها به بزرگی دیرینه‌ی من رشک می‌برند...

مردمند دیگر...

کدوم ممد؟

ممد آلوچه، ممد درازه، ممد یخ‌دربهشت، ممد نسیه، ممد دیزی، ممد قبرستون، ممد سه‌پستون، کدوم پس؟... ممد کوچیکه، ممد زاغول، ممد گردو، پس کی؟ کدوم ممد؟

ممد خوشگله، ممد ننر، ممد خاکشیر...

نکنه اون ممدو می‌گی ....کجا بود؟ اسمش چی بود؟ یه بار ماشین کار گرفته بودیم، رفته بودیم درکه بلال رو منقل باد می‌زد پیش داداشش، چی بود اسمش؟ یادم نیست... آره، اونو می‌گی؟ نه، پس بدمصب کی رو می‌گی؟!...

نکنه ممد داداش ابرامو می‌گی؟ ابرام خوشدست، یه گونی قالپاق دزدیده بود رو دستش مونده بود، مفت به ما فروخت بردیم یه فلافل مهمونش کردیم، آره، اون؟ نه، پس کی؟ کیو می‌گی؟ کدوم ممدو می‌گی؟!...

نکنه اون ممدو می‌گی همسایه آق جلال، که تخلیه نمی‌کرد، بروبچ اثاثشو ریختن تو کوچه، آره، اون، شاخ‌شده مگه؟ نه، پس کی؟...

ممد خارجیو شاید می‌گی، اون که اصلاً آفساید بود، رفت ترکیه قاطی کرد حبسی شد...

نکنه ممد نجسو می‌گی، اون که دیگه این‌جاها پیداش نیس، کجاس؟ هان؟ کجاس؟ کدوم گوریه؟...

آخه کیو می‌گی پس؟!

می‌گم ممد نکنه، راستی نکنه، می‌گم نکنه... منو نیگا، جون من نیگا... می‌گم نکنه ممد خودمونو می‌گی. ممد دماغو... آره، جون من؟! ممد خودمون؟!... باز تِر زده؟ کجا؟ به همه جا. ای تف به گور بابات! آره؟ ممد خودمونو می گی؟!...

حالا چیه نشستی ماتم گرفتی! جهنم! بالاخره یه طوری می‌شه، جریمه‌شو می‌دیم دیگه، دونگی...

حالا کجا تر زده؟ هان؟ می‌گم کجا تر زده؟ چرا لالمونی گرفتی؟ بلبل‌زبونیات یادت رفت؟ یادت رفت؟!...

صد دفه گفتم ممد مواظب این ممدتون باش، آره، یادته؟!... گفتم دریچه‌ی فاضلاب می‌دزده عیب نداره، اما پولش خوب نیست، چدن قیمتش افت کرده، نرده‌های پل عابر و لوله‌های آب بد نیست، اما جا زیاد می‌گیره، دخل و خرج نمی‌کنه. یادته؟!...

حالا کجاس، می‌گم کجاس؟... چرا به هوا نگاه می‌کنی؟ نکنه سیمای برقو می‌گی؟... آره، خوبه فروشش، مس تو بورسه...

خب بنال بینیم حالا چی شده، چی؟!... رو سیمای برق... برق گرفته‌تش خشک شده، ذغال شده آویزون شده تو هوا لق لق می‌خوره؟... آره، جون من؟ این تن بمیره، آره؟!...خشک‌خشک، ذغال؟!؟...

ای تف به روحت! صد دفه گفتم تیر چراغ برق راست کار تو نیست ممد! تو ممد ریزه نیستی کابل فشار قوی بدزدی دو شب تموم شهرو ظلمانی کنی... گفتم تو اهلش نیستی ممد، خراب می‌کنی خراب می‌شیم. بفرما! همون شد...

خب حالا شده. شده که شده، خب حالا چیکار کنیم؟ چاره چیه... آخه بگو مرد حسابی تو که کارت نرده و لوله‌ی آب و دریچه‌ی فاضلاب بود، چطور رفتی یهو سیم برق‌دزد شدی بچه پررو... حالا جریمه‌ها و قرضاتو کی می‌ده... این داداش صاحب‌مرده‌ت؟! این که دماغشو بگیری جونش در می‌ره... حالا عزادار شده واسه ما زنجموره می‌کنه، جمع کن بابا جمع کن... ذغال شد رفت. فاتحه!

پاشو! پاشو! ماتم نگیر این‌جا. بریم خرت‌وپرت‌های اوراقی‌شو از انبار جمع کنیم گم‌وگور کنیم یه وقت نیان سراغمون...

جلوی خانه‌ی ما یکی مرده بود

پاشو ممد! پاشو... حالا داداشت بوده که بوده. ماتم گرفتن نداره،
بجنب...

به ممد اینام بگو بیان کمک، پاشو! بجنب...

قسمت نشد...

ما با اجازه‌ت پای دار رفتیم، بالاش ولی نرفتیم. نه این‌که بی‌گناه باشیم، نه. قسمت نشد...

حکایت ما جور دیگه بود. ما مهدی گاوکشو زدیم. یعنی ما نمی‌زدیم اون می‌زد. محل ما بزن بزنه. نزنی می‌زنن ...

خلاصه‌ی خلاصه‌ش این‌که اولیای دم رضایت دادند ولمون کردند بیایم باز ول بگردیم.

به داداشم سپرده بودم می‌رم بالا چند تا عکس دبش ازم بگیره پخش کنه تو محل بین بروبچ... اما خب نشد، یعنی اصلاً سر تا پا ضایع شد.

عکاسا عکس ما رو گرفتن که پای دار داریم دست بابای اون مقتولو ماچ می‌کنیم...

اساساً دست ماچ کردن تو بساط ما نیست. حالا بروبچ دست گرفته‌ن که فلانی جا زد. گریه کرد به پای یارو افتاد.

من راستش حالیم نیست چی شد.

پدر بی‌پولی بسوزه که باعث می‌شه مردم به هر چیزی رضایت بدن.

داداشم تا تونسته بود سبیل بابای طرفو چرب کرده بود و طرف همین‌طور چرب و چیلی اومد پای دار و کلی روضه خوندن و صلوات فرستادن و اسپند دود کردن و خلاصه‌ش این‌که جای این‌که تیر خلاص بهمون بزنن، خلاصمون کردن...

اینم از قصه‌ی ما که فکر کردیم با آبرو می‌میریم، اما دست از پا درازتر ولمون کردن بریم قاطی مرغا...

بروبچ دست گرفته‌ن که: دیدی چی شد! سر افکنده شدیم جلوی محلات دیگه، که هر کدوم چند تا چند تا اعدامی دارن، اما ما تو محلمون یه دونه هم نداریم...

می‌گم داداش! مگه دست من بود؟ خب نشد دیگه.

کسی گوشش بدهکار این حرفا نیست، دیگه سلام که نمی‌کنند هیچ، جواب سلام ما رو هم نمی‌دن.

درست مثل مرده که زنده شه از ما فرار می‌کنن. شیطونه می‌گه بریم یه قتلی چیزی بکنیم بگیرن ببرندمون بالا. سرمون جلوی اهل محل بالا باشه...

زندگی که نداریم، دلمون خوشه به مرگ. اینم خبر مرگمون، از مرگمون...

زندگی سگیه والله! زنده‌ایم یه جور، مرده‌ایم یه جور، نمرده‌ایم یه جور...

ما مادرمرده‌ها همه‌چی‌مون بعض آدمیزاده.

«مرگ بر حقوق بشر»

با پرچم‌هایشان دسته‌دسته وارد خیابان نبوت شدند: «مرگ بر سه مفسدین، کارتر و سادات و بگین / بگین بگین مرگ بر بگین...»

رسیدند به فرعی نماز: «مرگ به شریعتمدار...»

پیچیدند داخل هجرت: «مرگ بر بازرگان، مرگ بر لیبرال...»

چندتایی از دسته‌ها از خستگی واماندند و باقی وارد خیابان شهادت شدند: «مرگ بر سازشگر، مرگ بر آمریکا، مرگ بر شوروی...»

یک دسته خودش را رساند به خیابان وحدت: «مرگ بر بنی‌صدر، مرگ بر منافق، مرگ بر منتظری...»

نیمی از دسته جا ماند و الباقی داخل نبوت شدند: «مرگ بر آمریکا، مرگ بر بی‌حجاب، مرگ بر فرانسه، مرگ بر انگلیس، مرگ بر اسرائیل...»

چندتایی لنگ‌لنگان رسیدند به خیابان جهاد: «مرگ بر آل سعود فاسد...»

تک‌وتوکی خسته و کوفته پیچیدند داخل فرعی طهارت: «مرگ بر یونسکو، مرگ بر سازمان ملل، مرگ بر حقوق بشر، مرگ بر حقوق بشر...»

یکی، آخری، تک و تنها، درهم کوفته و گیج به میدان انقلاب رسید، ناگهان قمه‌ای از جوف لباده‌اش در آورد و قمه‌زنان، خشمگینانه فریاد زد: «

مرگ بر خود بشر، مرگ بر خود بشر، مرگ بر خود بشر...»

.

و قمه زد، قمه زد، قمه زد، سراپا خونین به زمین افتاد.

آن روز غروب...

از مولوی که می‌رفتیم سمت شوش، سر نبش کله‌پزی آق‌جلال خوردیم به تور اسمال بی‌رگ اینا...

چه کنیم، چه نکنیم...

از ما هنوز دور بودن، اما سایه‌شون پیدا بود.

دشمنی اونا با ما از سال‌ها سال پیش زبانزد همه بود. میان ما حرف جز از تیزی و قتل نبود... هیکلاشون این هوا، دشنه‌هاشون به هوا. پاشنه‌ها ورکشیده، سبیلا ورجهیده.

اونا بیست تا ما سه تا. بی‌تیزی. تیزی‌ها را دیروز مأمورا که ریختن محل، جمع کردن...

از ما دور بودن اما سایه‌شون پیدا و قهقهه‌شون شنیدا بود.

داود گفت: «بچه‌ها جیم شیم.»

اکبر فلاح‌زاده

یدی گفت: «اون‌وقت می‌فهمن تیزی نداریم، دنبالمون می‌کنن، قیمه‌قیمه‌مون می‌کنن.»

داود مسالمت‌جویانه گفت: «خب بریم بگیم اومدیم حرف بزنیم اختلافاتو صاف کنیم.»

گفتم: «خاک تو سرت! اون‌وقت تنبونامونو در می‌آرن، سر گذر آویزون می‌کنن.»

گفت: «پس چیکار کنیم؟»

گفتم: «می‌ریم تو شیکمشون، چند تا چاقو می‌خوریم اما تیزیاشونو می‌گیریم، پاره‌پورشون می‌کنیم.»

یدی گفت: «اگه قمه و شمشیر داشتن، چی؟»

گفتم: «نمی‌دونم، فقط باس بریم تو شیکمشون.»

داود گفت: «آقا ما نیستیم.»

یدی گوششو کشید: «خاک تو سر توسری‌خورت کنن...»

نزدیک‌تر که شدیم یدی خواست یه پاره آجر ور داره، نذاشتم. گفتم: «بو می‌برن تیزی نداریم، تیز می‌شن.»

۱۷۹

یدی گفت: «آخه دست خالی؟!»

گفتم: «آره. چاره دیگه‌ای هم مگه هست؟»

داود گفت: «آقا هر چی می‌خواد بشه، من بر می‌گردم...»

یدی پس گردنشو گرفت گفت: «اونا نکُشنت، من می‌کُشم...»

داود وا رفت. چنان ترسیده بود که روی زمین نشست و ملتمسانه
گفت: «آقا من نوکر همه‌تونم، نمی‌خوام بمیرم...» و گریه کرد:
«جون هر چی مَرده بذارین من باز چند صباحی زنده باشم. خدا
از مردی کمتون نکنه...»

ما بیشتر مرد شدیم. یدی یه تیپا زد بهش، انداختش تو جوب.

شدیم دو تا.

داشتیم نزدیک‌تر می‌شدیم به مرگ. باد مرگ پیچیده بود تو سر و
تمام تنم. حس می‌کردم صورتم داره ورم می‌کنه. زبونم
خشک‌خشک شده بود و چشمام سیاهی می‌رفت...

یدی هی دستاشو باز و بسته می‌کرد تا مشتش آماده باشه و چپ و
راست به صورتش سیلی می‌زد.

خواست تف کنه نتونست. آب دهنش خشک شده بود...

آماده مرگ مقابل بیست تا دشنه.

غرور، مردانگی، آبرو یا چیزی مبهم اما بزرگ و عزیز ما را نگه می‌داشت تا وا نرویم، تا باز جلو برویم، تا آبرویمان نرود، تا در زد و خورد اگر هم می‌خوریم، یک بار هم بزنیم. تا نگویند نزده افتادند...

ترس چشم‌هایمان را ور قلنباده بود و ماهیچه‌هایمان مثل چوب خشک شده بود.

چند قدمی مانده بود تا برسیم. ترس داشت از سد غرورمان می‌گذشت و مرگ ما را فرا می‌گرفت...

یک‌باره گویی آسمان گرومبید و در میان توده‌ای عظیم از ابر، داود از پشت سر حمله‌کنان چنان نعره‌ای کشید که زمین و زمان لرزید. زمین دهان باز کرد و اشباح و دشنه‌ها را فرو بلعید.

ما با چشمان وق‌زده مبهوت و هراسان، متکی به غروری رهایی‌بخش، آهسته و سنگین، با مهابت و ابهت از رویشان عبور کردیم.

فریاد دلیرانه‌ی داود هنوز همچون گردباد در آسمان تنوره می‌زد و در میان انبوه ابرها اشکال عظیم پهلوانان حماسی نقش می‌بستند.

حالا اینا هیچی...

حالا ما هیچی، این داود مشکی چی؟ این جواد چپول چی؟ این ممد نون‌خالی‌خور چی؟ این رضا بینوا چی؟ این غلام پهلوون‌پنبه و داداشاش چی؟ این علی ریزه چی؟ این رسول دوردور چی؟ این یدی درازه و داداشاشو خواهرهاشو و دامادداشون چی؟

حالا اینا همه هیچی، این مهدی کله‌پاچه چی؟ این ناصر پررو و ممد ساندویچ چی؟ این مسعود حجله چی که عشقش حجله است و اون چراغای حجله‌ی جوان ناکام که صبح تا شب روشنه و عکس یارو رو هفت شبانه روز روشن می‌کنه و آقا مسعود وا می‌ایسته سر کوچه پای حجله بلکه یه روز عکس قاب‌گرفته‌ی خودشم بزنن وسط حجله مردم بیان تماشا کنن و مادرا اشک بریزن برا جوان ناکام، یاد مادرش بیفته که عروسی پسرشو ندید، اصلاً هیچی ندید جز بدبختی و فقر و فلاکت، هیچی ندید...

اینا همه هیچ، هیچ هیچ؟ پس چی بدمصب! پس چی؟!...

این همه کلیه، کلیه‌ی اینا کلیه نیست؟ اوی مثبت اینا مثبتِ مثبت نیست؟ اینا هیچی‌شون شبیه آدمیزاد نیست، اما کبد و کلیه و ریه و قلبشون که هست...

حالا اینا هیچی، این فاطمه شیره‌کش چی، نوزاد می‌فروشه مثل دسته گل. هر رقم نوزاد، پسر... دختر... سه‌سوته آماده‌س. پیش‌خرید هم بخواهی داریم. پول پیش بده، چهار، پنج ماه بعد نوزاد صفر کیلومتر رو از رحم که درمی‌آد تحویلت می‌دم...

دیگه چی، چی دیگه، اینا همه هیچی؟!...

وایسا، گاز نده، پیش فروش، تضمینی ... حالا نقد بده شیش ماه بعد تحویل بگیر...

نرو، وایسا، گاز نده، نصف حالا، نصف موقع تحویل...

وایسا، گاز نده، وایسا بدمصب.

به شما چه؟

به شما چه؟ به شما چه مربوطه؟ شما را عرض می‌کنم، بله خود شما... شما خیلی بی‌جا فرمودید که این‌جا سبز شدید. این موضوع ما چه ربطی دارد به شما؟ شما غلط فرمودید آمدید این‌جا... خود شما، بله خود شما ... چرا بِر و بِر تماشا می‌کنید مرا؟ عرض کردم غلط فرمودید اومدید این‌جا...

دهنتو چفت بگیر وقتی من حرف می‌زنم... تکرار می‌کنم که خوب شیرفهم شی؛ عرض کردم غلط فرمودید آمدید این‌جا فضولی کنید. مسائل خصوصی من چه ارتباطی به شما دارد که هر وقت چیزی می‌شود، سروکله‌تان پیدا می‌شود....

آمارت دستم است: شما خودت صد تا بدبختی و گرفتاری داری. برو اول یک خاکی توی سر خودت بکن، اگر چیزی ازت باقی ماند، بیا سر و کله‌ت را فرو کن در امور دیگران...

زن من به شما چه؟ بچه‌های من به شما چه؟ شما می‌دانی زن و بچه داشتن تو این گرونی، تو این خراب‌شده یعنی چه؟ می‌دانی

نداشتن یعنی چه؟ می‌دانی دست خالی بودن یعنی چه؟... شما که نمی‌دانی چرا دخالت می‌کنی؟ چرا دستورالعمل صادر می‌کنی؟...

من بروم طبق سفارش شما از یارو کارفرمای لندهور هیز بی‌همه‌چیز عذرخواهی کنم که چه، که چرا خواسته‌ام با او دست به یخه بشوم؟ که چرا فحش خواهر و مادر داده‌ام به کسی که در کارگاه دوزندگی‌اش دست‌درازی کرده به زنم هنگام کار گلدوزی؟!...

آدم به زن شریفی که از کله‌ی سحر تا دیروقت شب در کارگاهش سوزن می‌زند تا نان خانواده‌اش را در آورد دست‌درازی می‌کند؟ چون می‌داند شوهرش معتاد است... آدم معتاد مگر غیرت ندارد؟...

با شما هستم که آمده‌ای به جای کمک مثلاً وساطت کنی. جواب مرا بده... به قیافه‌ی من نگاه کن! آدم معتاد غیرت ندارد؟ باید دست روی دست بگذارد و دندان روی جگر بگذارد که زنش، نان آور خانواده‌اش اخراج نشود تا بی‌خرجی نمانیم...

اگر دست روی دست بگذارم آن‌وقت با در و همسایه چه کنیم؟ آن‌وقت بچه‌های من چطور جلوی همشاگردی‌هایشان سر بلند کنند... آدمی است و غیرتش، آدمی است و شرفش. بی‌این‌ها آدم می‌شود بی‌همه‌چیز. ملتفتی؟! بی همه‌چیز می‌شود آدم...

رفتم شبانه کارگاهش را آتش زدم. بله، آتش زدم... چون دیدم خودش قلچماق است و آدم زیاد دارد و تکی زورم نمی‌رسد. اما کبریت که بلدم بکشم. آن‌قدرها ضعیف نشده‌ام که این هم ازم بر نیاید... رفتم با یک پیت نفت و کبریت شبانه کار را یک‌سره کردم... حالا کارگاهش سوخته و مأموران -چنان که می‌بینی- ریخته‌اند مرا بگیرند ببرند...

می‌دانند کار من بوده. چون همان روز که به کارگاه رفتم تا حقش را کف دستش بگذارم، خودش و آدم‌هاش حسابی مشت و مالم دادند... با سر و صورت خونین پا شدم خودم را تکاندم، گفتم: «تلافی می‌کنم. به زنم دست‌درازی می‌کنید و دستتان را هم روی من دراز می‌کنید نامردها؟!» مرا با فحش و لگد از کارگاه انداختند بیرون.

حالا آمده‌اند مرا ببرند... زنم هم اخراج شده و کرایه خانه را نداریم بدهیم. من نمی‌دانم باید چه کرد... کاری کرده‌ام که می‌باید. نصیحت از کسی نمی‌خواهم، درس هم به کسی نمی‌دهم. نک‌ونال هم بلد نیستم...

آن‌جا چند صباحی، چند ماهی، سالی در حبس می‌مانم و زن و بچه‌ام هم شاید آواره شوند ... شاید باز جایی کاری پیدا شود یا

نشود، نمی‌دانم... کس و کاری که نداریم. فقط شما را داریم که جای کمک می‌آیی فضولی. زندگی‌ات همین است...

حالا برو زندگی‌ات را بکن... تو تنها نیستی، خیلی‌ها مثل تو هستند؛ وقتی در زندگی احساس آرامش می‌کنند که بدانند دیگران چقدر گرفتارند.

حالا آرام شدی؟ دیدی چقدر ما در آشوب و اضطرب و مصیبتیم؟!...

بعضی‌ها - با همه‌ی بدبختی‌هایشان- فقط وقتی کمی خوشبختند که بدانند دیگران چقدر بدبختند....

پا شوید بروید. بفرمایید... همین بود. داستان ما تمام شد. تشریف ببرید.

خلاصه، نشستیم...

علی تیمچه اومده بود، داود هیکل اومده بود، رضا بی‌مخ اومده بود، جلال ژولیده اومده بود، منتظر بودیم عباس بی‌سروپا هم بیاد که دیگه راه بیفتیم...

حالا مگه می آد؟ حالا مگه می آد... این ورو بسوک، اون ورو بسوک، سیگار بگیرون، پک بزن بزن بزن، مگه میآد...

داود هیکل کف کرد، رضا بی‌مخ پاشنه‌هاشو ورکشید، بره دنبالش، جلال ژولیده نشوندش.

علی تیمچه زیر لب فحش داد، بعد تف کرد...

همه کف کرده بودیم که یهو دیدیم داره می‌آد؛ همون ریختِ بی‌ریخت همیشگی.

اومد. هیچکی تحویلش نگرفت، گرفت نشست...

اما دیگه چه فایده؟ حالش نبود، یعنی حالمون گرفته شده بود...

گفتیم پاشیم کجا بریم؟ سگای جعفر گشنه رو که اون هفته دیدیم، کفترهای کریم مشکی رو هم پریروز، حسن عشق موتور هم اگه موتوری چیزی به تورش بخوره خودش می‌آد، تک‌چرخ ویراژ می‌ده، چرا دیگه خودمونو خسته کنیم بکوبیم تا اون محل، دست خالی برگردیم...

گفتیم بشینیم بلکه رضا هندونه با وانت عموش بیاد دوردور کنه، یه هندونه‌ی گندیده پاره کنه، بزنیم تو رگ حال کنیم.

خلاصه نشستیم... یه ذره امید که سروکله‌اش پیدا شه، آدم صفا می‌کنه.

این‌ور خیابون آفتاب داغ صاف می‌تابید رو کله‌مون، پا شدیم رفتیم اون‌ور نشستیم. گشنه‌مون بود....

رضا بی‌مخ همین‌جور که خمیازه می‌کشید گفت: «ساعت چنده؟» جلال ژولیده گفت: «وقت دیروز.»

ماشین‌ها می‌اومدن و می‌رفتن و از جلومون رد می‌شدن. ما نشسته بودیم چشم به راه. سیگار هم نداشتیم...

صغرا خانوم از محله‌ی روبرویی با زنبیل خرید اومد رد شد، مثل همیشه کلفت بارمون کرد: «اون‌قدر این‌جا بشینید تا کامیون اراذل‌جمع‌کنی بیاد جمعتون کنه.»

جلوی خانه‌ی ما یکی مرده بود

علی تیمچه گفت: «اراذل خودشونن، ما جمعشون می‌کنیم.»

جلال ژولیده گفت: «کار بِدن، کار کنیم.»

عباس بی‌سروپام زبونش وا شد: «نون‌بربری قسطی شده.»... همه خندیدیم، اما دلمون درد گرفت. گشنه بودیم...

ماشین‌ها از جلومون رد می‌شدن، از یه جایی می‌اومدن به یه جایی می‌رفتند...

ما کجا رو داشتیم؟ جایی نداشتیم، کاری نداشتیم. کجا باس می‌رفتیم... همین‌جوری چشممون به راه بود...

رضا هندونه هم پیداش نبود.

میزون، نامیزون

سر شوش که پیچپیدیم خوردیم به تور علی سیاه و ممد یه‌چش اینا...

کشیدیم کشیدند، برو بیا بزن بخور بکوب بشکون...

کج شدیم، راست شدیم، لوله شدیم، دراز به دراز، ورداشتن بردنمون، آویزون شدیم. از این‌ور و این‌ور چیز میز فرو کرن تومون و دو، سه روز نامیزون...

دیگه خلاصه زخم مخما رو واز و بسته کردن و لوله موله‌ها رو درآوردن، دیدیم آره می‌بینیم باز. راه افتادیم...

این گذشت.

دو ماه بعد همون‌جا خوردیم به تورشون باز. این دفعه حسین خره و علی دماغو سمت ما، و داود بی‌کله و احمد قمه هم سمت اونا...

خلاصه باز بکش و واکش و برو و بیا و بزن و بکوب. مأمورا هم اومدن تا ما رو با قمه و تیزی دیدن دو تا تیر هوایی در کردن در رفتن...

باز ما رو کشون‌کشون بردن آویزون کردن و خونمون و گچ مچ و دو ماه دیگه همچین میزون، نامیزون ولمون کردن، اومدیم نشستیم قهوه‌خونه دیدیم اصغر خیکی داره چش‌غره می‌ره، پریدیم دو تا زدیم تو چش و چارش، کشیدن بردنش...

نشستیم یه قندپهلو با اجازه‌ت هورت کشیدیم، اومدیم دویومی‌شم بریم بالا که یهو اصغر عشق‌موتور با یه یاماها چهارصد اومد...

پریدیم پشتش گازیدیم ولنجک، یه زیدی بهمون چشمک زد، اومدیم بریم یه کلفت جلومون سبز شد، از جا کندیم انداختیمش بیخ دیفال کوبوندیمش...

رفتیم که بریم، زیده غیبش زد...

آقا ما رو می‌گی، ولنجکو جارو کردیم دنبال زیده. آب شده بود رفته بود تو زمین فرو...

بدمصب چشای درشت باحالی داشت. بعد عمری یکی به ما چشمک زد، اونم از بخت ما چش خورد غیب شد.

آخه بگو بی‌مروت تو که ما رو نمی‌خواستی چرا چراغ زدی پس...

گشنه تشنه میزون، نامیزون برگشتیم محل...

هیچ خبری نبود. پرنده پر نمی‌زد، فقط سوسک‌ها این‌ور اون‌ور ولو بودند.

آشغال‌جمع کنا آشغالدونی‌ها رو یه ور کرده بودن.

رفتیم سرکی بکشیم بینیم ته‌مونده‌ی غذایی، میوه‌ای، چیزی پیدا می‌شه سق بزنیم.

یکی کله‌ی یه عروسک موبور پیدا کرده بود، دنبال پاهاش می‌گشت. کله رو از دستش کشیدیم چشای عروسک چشمک زد بهمون، لاکردار... دوباره به صورتش دست زدیم مژه‌هاش تکون خورد.

سلیطه خوشگل بود، فقط پر و پا و سینه نداشت، شانس ما...

آشغالم آشغالای بالای شهر.

انقلاب

یه ظهر تابستون بود مثل همه‌ی تابستونا، اما همچین بفهمی‌نفهمی باد خنکی هم می‌اومد و یه حالی بمون می‌داد.

از سوراخمون در اومدیم سلونه‌سلونه راه افتادیم سمت قهوه‌خونه دیدیم یزیدتو! بروبچ همه جمعند.

گفتیم چه کنیم چه نکنیم، این همه جمعیت ...

مهدی یه‌دست نه گذاشت نه ورداشت، گفت: «انقلاب کنیم... »

همه خندیدیم.

حسن خورجین گفت: «فعلا اونی که زاییدی رو بزرگ کن.»

همه خندیدیم.

ممد یابو گفت: «اون انقلاب مال اون نسل بود، ما انقلاب خودمونو می‌خواییم.»

احمد گشنه گفت: «آخه مگه انقلاب شوخیه؟!»

تقی دزده گفت: «پس چیه؟ شوخیه دیگه.»

حسین پیچ‌گوشتی گفت: «یعنی شوخی شوخی بریم انقلاب کنیم؟ به همین سادگی؟»

مصطفی چلاقه گفت: «آره دیگه، پس چی؟ شاید نجات پیدا کنیم...»

ابوالفضل خرسه گفت: «حالا چه شوخی چه جدی، کی حال داره پاشه انقلاب کنه؟!»

حمید نون‌خالی‌خور گفت: «ما که همه‌ش داریم می‌پریم به هم، یه باره بپریم به بالایی‌ها بلکه بریم بالا... له شدیم این پایین، شیکم‌گنده‌ها مثل تریلی از رومون رد می‌شن...»

داداش ناتنی‌ش گفت: «آی گفتی... یه تکونی می‌دیم به خودمون. تکون نخوریم چیزی تکون نمی‌خوره.»

محسن بی‌مخ گفت: «این همه نیرو داریم، این همه نیرو رو که نمی‌شه بی‌مصرف گذاشت. این همه شخصیت جَمعه این‌جا؛ اصغر خپل و ممد یابو و احمد گشنه و علی درازه و بقیه همراهمون هستن. چی کم داریم برا انقلاب... این همه هر روز خون ریخته می‌شه تو قمه‌کشی... مجروح داریم، مصدوم داریم، چی می‌خواییم دیگه؟!»

حامد تیله‌باز گفت: «برنامه.»

حسین پیچ‌گوشتی گفت: «مگه اون دفعه برنامه داشتیم؟ یهو همه ریختن خیابون.»

داوود درسته گفت: «راستم می‌گه ها... »

حمید نون‌خالی‌خور گفت: «چی‌چی راست می‌گه! انقلابه یا لات‌بازی... »

مجید سوت‌بلبلی گفت: «کدوم لات‌بازی! تازه مگه خودت لات نیستی! این کشور کشور لاتاست عزیز. چند قرنه فقط داره توش لات تولید می‌شه، برا چی؟ برا یه همچین روزایی... »

تقی دزده گفت: «مگه امروز چه روزیه؟»

جواد قندشکن گفت: «یه روزی مثل همه‌ی روزا... »

ممد یابو گفت: «ولی انگار امروز یه کمی همچین فرق داره.»

مجید سوت‌بلبلی گفت: «فرقشو ما می‌ذاریم. ما می‌گیم امروز چه روزیه.»

صادق دست‌کجه گفت: «مثلا چه روزیه... »

علی درازه گفت: «یه روز تاریخی.»

یهو همه ساکت شدیم. به هم نگاه کردیم. اسم تاریخ لرزه به تنمون انداخت. به آسمون نگاه کردیم، بعد سرامون افتاد پایین.

تاریخ مثل یه غول بیابونی گرمب‌گرمب از رومون رد شد.

مهدی یه‌دست گفت: «من پایه‌ام.»

رضا قلقلی گفت: «منم پایه‌ام، فقط این‌دفعه با اون‌دفعه توفیر می‌کنه. اون زمان با تیزی فقط خط می‌نداختن. حالا نه، حالا تیزی رو تا دسته فرو می‌کنن تو شیکم.»

مصیب گوشتکوب گفت: «ایول!»

کریم نفهم گفت: «دمت گرم. آره داداش، ما سوراخ سوراخیم. پاره پوره‌ایم. خودمونیم و خودمونیم. رئیس مئیس هم نمی‌خواییم. پشت دستمونو داغ گذاشتیم دنبال یکی راه بیفتیم. کی ما می‌خواییم آدم شیم، خودمون بشیم...»

مصطفی چلاقه گفت: «دهنت گلاب... این حامد تیله‌باز یه عمر تو خرابه‌ها تیله‌بازی کرده. کی باس بیاد تو میدون سیاست؟ محسن بی‌مخه و یه مادر علیل و چهار تا خواهر دم‌بخت. اینا کی باید محسنو در حال سخنرانی در صحنه‌های بین‌المللی ببینن

جیگرشون حال بیاد... ایوب پاکوتاه کی باید رئیس‌جمهور شه، چارپایه بذارن زیر پاش بلند شه، دهنش به میکروفون مجلس برسه...»

محسن بی‌مخ گفت: «دمت گرم!»

ایوب پاکوتاه گفت: «جمالتو که حق گفتی!»

ممد یابو گفت: «آقا حرف بسه، پاشیم.»

مصیب گوشتکوب گفت: «پاشیم...»

اصغر خپل گفت: «بر هر چه مرد صلوات...»

هیشکی نفرستاد. همه ساکت شدیم. به هم نگاه کردیم. یک‌باره به جای صدای صلوات تیزی‌ها و قمه‌هامون رفت هوا.

درخشش قمه‌ها و تیزی‌ها زیر آفتاب چشممونو زد.

همه لرزیدیم.

یه جور رسالت تن‌های زخمی‌مون رو مورمور می‌کرد و تاریخمون رو در پهنه‌ی آسمان آبی پیش چشمامون می‌گستروند....

حمید نون‌خالی‌خور و داداش ناتنی‌ش دم گرفتن مرگ بر... مرگ بر... مرگ بر... مرگ بر...

پشت‌بندش پا شدیم راه افتادیم، همه راه افتادیم.

ما که راه افتادیم یه جمعیت هم دنبالمون راه افتاد.

از دروازه غار که پیچیدیم، خوردیم به تور علی کفترباز و ممد بی‌کله اینا... دشمنای خونی ما. نمی‌شد به هم بخوریم و خونین و مالین نشیم.

کشیدیم کشیدند، اومدیم جر بدیم یهو احمد گشنه پرید وسط گفت: «آقایون لاتا با هم دعوا نداریم، قمه‌ها غلاف. داریم می ریم انقلاب کنیم. »

گفتند: «زکی! پس ما چی؟!»

اومدن قاطی شدن با ما، تیزی‌ها هوا، شروع کردیم به فریاد مرگ بر... مرگ بر... مرگ بر ...

سرازیر شدیم سمت انقلاب. نزدیک میدون که رسیدیم جمعیت عظیمی پشتمون بود که گونی‌گونی امید و آرزوهای نسل‌ها و طبق‌طبق فرهنگ و عظمت باستانی ایران رو به دوش می کشیدن و با ذوق و شوق و پر امید دنبال ما قمه‌به‌دستان راه می‌پیمودن.

هادی خالی‌بند می‌گفت جریان راهپیمایی‌مون تو مونیتور پت‌وپهن آسمون نمایش داده می‌شد.

ما که ندیدیم، اما اگر نمی‌شد عجیب بود. یک چنین حرکت عظیم انسانی حتماً باید در آسمون منعکس می‌شد.

کسی هم از ما نپرسید، چی شد

خلاصه که نشد و باز اومدیم سرخونه‌ی اول، سر کوچه قاطی بچه‌ها چمبک زدیم، خمار سیگار. چشم به راه یکی رد شه چترو واکنیم...

خالی بودیم، خالی...

نشد دیگه، نشد. یعنی چه‌جوری باس می‌شد؟ ما رفتیم. اون رفت. ما رفتیم. اون رفت. ما رفتیم، اون رفت... یه‌دفعه رفت که رفت.

کجا بریم دیگه؟ نشد دیگه، رفت.

از صبح که سر خرجی جیغ و داد می‌کرد و ساکشو می‌بست، گفتیم این‌دفعه دیگه یه چیزی می‌شه.

بچه‌ها همه شاهد؛ تا دیدیمش جلدی راه افتادیم؛ ما برو، اون برو. ما برو، اون برو. ما برو، اون برو. یهو دولا شدیم یه ته‌سیگار رو از زمین ورداریم که دیدیم نیست شد، آب شد رفت تو زمین.

اینو رو ببین، اونو رو ببین، بالا، پایین، یهو یه ماشین پیچید جلوش، جلدی سوار شد یارو گازشو گرفت رفت. رفت که رفت.

ما موندیم و یه تهسیگار کف دستمون. آتیش ماتیش هم نداشتیم.

سرمون پایین بود بلند نمی‌شد، هر کاری می‌کردیم نمی‌شد.

کج کردیم سلونه‌سلونه برگشتیم.

رسیدیم به بچه‌ها تهسیگار رو شریکی دود کنیم، نشد، تهسیگار له شده بود...

همه سرشون پایین بود.

خلاصه که نشد دیگه، نشد...

کسی هم از ما نپرسید، چی شد.

ننه

قرارمون این بود که به مادر همدیگه فحش ندیم و موقع شوخی یا دعوا فحش‌ها را حواله بدیم به فک و فامیل.

ننه ننه بود، ننه مقدس بود، ننه حرمت داشت، ننه تنها کسی بود که ما داشتیم. هرکی به ننه فحش می‌پروند با تیزی خط خط می‌شد.

این قرار برو برگرد نداشت. خون‌ها ریخته شده بود تا این قرار قرار شده بود. صادر هم شده بود به محلات دیگر. شاید هم از اونجاها وارد شده بود. خلاصه که قراری بود محترم برای همه، الا برای رسول.

اون تنها کسی بود که قرار رو رعایت نمی‌کرد.

رسول زن‌بابا داشت. مادرش رو، همه چیزش رو، در بچگی از دست داده و پدرش هم که زمین‌گیر شده بود، بعدها زن نسبتاً جوانی گرفت که مدام از رسول فحش و کتک می‌خورد و چشم نداشت رسول رو ببینه.

رسول از همه‌ی زن‌ها مانند زن‌باباش بدش می‌اومد و کلُفت بارشون می‌کرد.

اون‌قدر کلُفت‌گویی کرد و کرد و کرد تا این‌که یک روز صبح خیلی زود تاریک روشنا، عربده‌ش محله رو به هم ریخت؛ رسول سراپا خونی بود و شکمش جر خورده و روده‌هاشو دستش گرفته بود زمین نریزه: «نامردا زدن... نامردی زدن...»

خون سرفه می‌کرد، تلوتلو می‌خورد، لرزید و افتاد مرد.

پشت‌بندش داود سیاه و دو، سه تا از نوچه‌هاش از محله‌ی پشت خط ریل آهن با قمه و ساتور ریختن محله‌ی ما.

داود مادر قوزی‌شو عصاکشون انداخته بود جلو تا ثابت کنه رسول به چه موجود نزاری فحش داده و بابتش چاقو خورده.

ما با صلوات رفتیم سراغ رسول. زن‌های همسایه هم مادر داود رو روی یه پله‌ی سنگی نشوندن و شربت و خاکشیر تو حلقش ریختن و قرار شد یه دیگ آش بار بذارن برای رفع کدورت.

ما هم از بستن جنازه که فارغ شدیم سلونه‌سلونه رفتیم سرکوچه و داود هم دنبالمون اومد و سیگار به همه تعارف کرد که دستشو رد کردیم.

ساکت و دمغ بودیم.

چشم گردوندیم دیدیم زن‌بابای رسول شوهر زمین‌گیرشو کول گرفته داره می‌آد سمت ما دنبال جنازه.

بابای رسول به داود که رسید تف کرد بهش. داود هجوم برد بزندش که غلام تیزی کشید و تهدیدآمیز زیر دماغش نگه داشت، تا اون دو تا رد بشن.

داود جا خورد، از ما دور شد و با نوچه‌هاش در رفت و ما بابای زمین‌گیر رسول رو از کول زنش گرفتیم رو کول خودمون و راه افتادیم دنبال جنازه.

زن‌بابای رسول گریه نمی‌کرد، لق‌لق راه می‌رفت و به کسی نگاه نمی‌کرد.

از دور صدای شیون می‌اومد. خروسی هم جایی داشت می‌خوند.

مادران تمام محلات با چادر سفید دسته‌دسته آروم و بی‌صدا گویی در رؤیا از کنارمون عبور می‌کردن.

جلوی همه مادر مرده‌ی رسول پی جنازه‌ی پسرش می‌دوید.

فرهاد متمدن

رضا خالی‌بند و داوود خره و ممد دماغو و اسمال بی‌کله و ابرام گوسفندی و جواد گوشفیل و علی بستنی و شعبون شله و مجید زردانبو و عباس درازه و حمید چپول و اصغر یه‌لامپی و حسن شله‌زرد و حسین قراضه و رسول لجن داشتن خوش‌خوشک می‌رفتن سرکوچه که یهو دیدن فرهاد متمدن داره از دور می‌آد.

بچه‌ها به خاطر سر و وضع مرتبش بهش فرهاد متمدن می‌گفتن.

فرهاد بچه‌ی شوش و بچه محل خودشون بود، اما کاملاً بعض اونا بود؛ برخلاف همه لباس‌هاش تمیز و مرتب بود، موهاش رو شونه می‌کرد و هفته‌ای یه بار هم خودش رو می‌شست و خیلی هم مؤدب بود، اون‌قدر که پدر و مادرا همیشه بچه‌هاشون رو بابت اون سرکوفت می‌زدن و همینا بچه ها رو حرص می‌داد و لجشون رو درمی‌آورد.

وضع مالی خانواده‌ی فرهاد بهتر از بقیه نبود، فقط سرشون توی لاک خودشون بود، پدرش هم به قهوه‌خونه‌ی محل نمی‌رفت و همسایه روبرویی از پنجره دستش کتاب دیده بود.

اکبر فلاح‌زاده

بچه‌های محل مدام دنبال این بودن که یک‌جوری حال فرهاد رو بگیرن، اما اون تن به دعوا و درگیری نمی‌داد، سربه‌زیر بود و کتاب‌خون. به کتابخونه می‌رفت و شعر و رمان می‌خوند. بخصوص نزاکت و ادب و پاکیزگیش بدجوری مخ بچه‌ها رو می‌زد.

داوود خره گفت: «چی‌کارش کنیم؟»

علی بستنی گفت: «بندازیمش تو جوب لجنی بشه.»

رسول لجن گفت: «بابام با باباش سلام علیک داره، بفهمه پدرمو در می‌آره.»

اسمال بی‌کله گفت: «نباید از خودمون رد بدیم، یه جوری باس بزنیمش که هیچ‌کس نفهمه ما بودیم.»

حمید چپول گفت: «ببین چطور صاف صاف راه می‌ره بچه مزلف! یه جور بزنیمش شل شه، لی‌لی کنه.»

همه خندیدن.

ممد دماغو گفت: «از پشت هلش بدیم، یه پشت پا بزنیم کله پا شه.»

جواد گوشفیل گفت: «نه، شماها از پشت هلش بدین سمت من، با کله بزنم تو دماغش.»

شعبون شله گفت: «یه لقد بزنیم اون‌جاش اخته شه.»

همه خندیدن.

حسین قراضه گفت: «چرا اخته‌اش کنیم؟ عینکشو بشکنیم نتونه کتاب بخونه...»

تو همین حیص و بیص بود که یه دفعه عباس درازه گفت: «کوش؟ نیست انگار...»

بچه‌ها چشم انداختن، دیدن از فرهاد خبری نیست. گویا از همون سر کوچه پیچیده و رفته بود تا با بچه‌ها روبرو نشه...

خرده‌حسابا با فرهاد تمامی نداشت؛ یه شب مجید زردانبو و حمید چپول و رضا خالی‌بند جای دنجی گیرش انداختن، زیر مشت و لگد گرفتنش و عینکش رو شکستن.

جواد گوشفیل و علی بستنی هم یه بار از پشت با موتور بهش کوبیدن و انداختنش توی جوب.

حال‌گیریا و درگیریا ادامه داشت تا این‌که انقلاب شد و بچه‌ها رفتن توی کمیته‌ی انقلاب و چندی بعد فرهاد غیبش زد.

اما چند ماهی نگذشت که ممد دماغو و ابرام گوسفندی سوار گشت کمیته توی خیابان تورش کردن و بردنش اوین و چند ماه بعد اعدامش کردن.

فقط معلوم نشد کی اعدامش کرد؛ حسن شله زرد، رسول لجن یا اصغر یه لامپی، یا هر سه.

خلاصه خلاصش کردن و از دستش خلاص شدن.

آلونک

از آلونک قدیمی قبلی که بیرون انداخته شدیم، آلونک جدیدی اجاره کردیم کنار سطل آشغال‌های ویلاها و چندین ساختمان بلند. از قبلی کوچک‌تر، اما اجاره‌اش سبک‌تر بود.

در نداشت و سقف پلاستیکی‌اش هم سوراخ بود، ولی چون با ساختمان‌های بلند احاطه شده بود، باد نمی‌توانست جمعش کند.

یک کپسول گاز پیک‌نیکی و چند تا ظرف و دو، سه تا پتو خوب توش جا می‌شد، اما با آن همه امید و آرزو چه می‌کردیم که جعبه جعبه، کیسه کیسه، گونی گونی تا بالای سقف آلونک قبلی چیده بودیم!

تصمیم گرفتیم فقط یکی، دو گونی از امیدها و آرزوهای نسل خودمان را بیاوریم و مابقی را جا بگذاریم.

چه کنیم؟ جا نداریم.

هوا گرم بود بدمصب!

وقتی می‌میرن صد تا صاحاب پیدا می‌کنن. تو شهر که بی‌حجاب ول می‌پلکن، صاحاب ندارن سلیطه‌ها...

می‌گم خانوم! دختر خانوم حجابتو رعایت کن! پشت چشم نازک می‌کنه می‌ره.

با ماشین گشت می‌ریم بغل‌دستش می‌گیم خواهر حجابتو رعایت کن! انگار با دیوار حرف می‌زنیم! با تلفنش حرف می‌زنه و راهشو می‌کشه، می‌ره.

می‌ریم دنبالش می‌گیم خواهر، آبجی، مادر، خاله، عمه، دخترعمه، خاله، دخترخاله حجابتو رعایت کن! باز انگار نه انگار دو تا مأمور گمنام امام زمان دارن باهاش صحبت می‌کنن، راهشو می‌کشه، می ره.

این صاحابای بی‌صاحابش می‌دونن اینا رو؟

سخته آدم جلوی خودشو بگیره یکی رو نزنه. خیلی سخته. آدم باید خودشو بزنه تا دختره رو نزنه...

داریم داغ می‌کنیم، ولی دندون رو جیگر می‌ذاریم.

از ماشین گشت پیاده می‌شیم، می‌گیم دختر حجابتو رعایت کن...

دیگه از این محترمانه‌تر! از این دوستانه‌تر! از این پدرانه‌تر! از این برادرانه‌تر...

می‌گه به تو چه!

به مأمور گمنام امام زمان می‌گه به تو چه!

قاطی می‌کنم می‌رم دنبالش یه سیلی بزنم سه دور دور خودش بچرخه. ممد شیکم از ماشین گشت پیاده می‌شه، آرومم می‌کنه.«ولش کن برادر! خودش درست می‌کنه حجابشو.»

ما که داریم خودمونو آروم می‌کنیم، یهو فرار می‌کنه سلیطه!

بچه‌ها با ماشین گشت دنبالش می‌کنن، ماها هم پیاش می‌دویم.

می‌پیچه توی فرعی پشت یه وانت قایم می‌شه، فکر می‌کنه ما نمی‌فهمیم، ما نمی‌بینیمش....

بابا من درسته مأمور گمنام امام زمونم، اما همون اصغر تیغ‌زنم. از جنوب آوردنم تهرون کار کنم کسی نشناسدم.

من قاتلم! من زن‌کشم! من می‌گم فقط فاطمه، فقط فاطمه فاطمه است.

زن، فاطمه نباشه جنده‌اس، باس کشتش. مثل ثریا دختر همسایه‌مون که کشتمش چون به من اعتناء نمی‌کرد. عوضش تو کوچه هی قر و قمیش می‌اومد برا همه.

پول دادم، اولیای دم پول‌لازم بودن، رضایت دادن اومدم بیرون.

با من که نمی‌شه شوخی کرد دختر خانوم...

تا ماشین گشتو پشتش دید در رفت. ماشین گازید، قبل از این‌که بپیچه تو کوچه جلوش سبز شد، خود داود هیکل پرید پایین موهای دختره رو کشید انداختش زمین.

جیغ می‌کشید سلیطه.

منم دیگه داغ بودم حالیم نبود دو تا لگد زدم به شکمش، دادش رفت هوا. داود همون‌جور که موهاشو می‌کشید کشون‌کشون کشیدش تا ماشین.

سگ‌پدر چه دست و پایی هم می‌زد! عین گوسفند که می‌خوان سر ببرن یهو وحشی شده بود خودشو این‌ور اون‌ور می‌کوبید. گوسفند چاقو رو که ببینه از جا می‌پره. اینم همین‌طور جیغ می‌کشید و این‌ور اون‌ور می‌پرید ورپریده.

دست و پاشو گرفتیم بندازیمش تو ماشین، دست و پا زد افتاد زمین. خواست در بره که داود باز موهاشو کشید انداختش. منم پاهاشو گرفتم،

داود نشست روش، گفت: «مادر قحبه می‌خوای همین‌جا ترتیبتو بدم... »

صورتش خونی شده بود و همین‌جوری جیغ می‌زد. شونزده، هفده‌ساله و دختر مدرسه‌ای به نظر می‌رسید. یه شباهتایی به ثریا که کشتم داشت فقط کمی لاغرتر بود.

سفت گرفتیمش سه نفری انداختیمش تو ماشین و دو طرفش نشستیم بهش فشار آوردیم، تکون نخوره. اما خیلی چموش بود، با دستش به صورتمون چنگ می‌زد و فحش و شعار می‌داد.

با ماشین راه افتادیم گفتیم بریم پایگاه یا یه جایی ولش کنیم بره گمشه.

داود گفت بریم تحویلش بدیم.

گفتم نه، خیلی سلیطه است، این باحجاب بشو نیست که نیست.

ممد شیکم گفت سگ‌پدر نه توبه می‌کنه، نه التماس.

گفتم پس روش باید کم شه.

نزدیکی‌های پایگاهمون یه خرابه بود. ماشینی‌های قراضه رو اسقاط می‌کردند. بردیمش اونجا. کسی نبود.

داود گفت چیکارش می خوای بکنی؟ همه‌مون خندیدیم.

آوردیمش لای دو تا مینی‌بوس اسقاطی انداختیمش زمین دست و پاشو گرفتیم یه ذره مالوندیمش. ممد شیکم نشست روش، دهن و دستاشو گرفت. منم ساق پاهاشو چسبیدم، داود با پر و پا و سر و سینه اش ور رفت.

هی تکون می‌خورد در ره. داود حالی‌به‌حالی شد خواست بیفته روش. بدمصب خوشگل بود سلیطه.

هی جیغ می‌کشید و دست و پا می زد و چنگ می‌زد و فحش می‌داد.

به من که فحش ناموسی داد، قاطی کردم. ممد شیکمو زدم کنار، دستمو گذاشتم رو دهنش فشار دادم، گفتم: «سلیطه! من اصغر زن‌کشم...»

دستمو رو دهنش فشار می‌دادم، داود هم دست می‌کشید به تنش حال می‌کرد.

دستمو گاز گرفت پدرسگ. منم با مشت زدم تو سرش، با لگد تو شکمش. چشمم سیاهی می‌رفت... ثریا دختر همسایه‌مون رو هم که می‌کشتم همین‌جوری شده بودم.

اول داغ کردم، بعد چشمم سیاهی رفت دیگه نفهمیدم. همین‌جور لگد می‌زدم به سر و صورتش.

داود خواست جلومو بگیره، پرتش کردم عقب. زدم زدم زدم ...

نفسش بالا نمی‌اومد. دیگه نمی‌تونست جیغ بکشه. دهنش پر خون شده بود.

چند تا دیگه لگد به سر و سینه‌ش زدم که دیگه بچه‌ها منو از پشت گرفتن، کشیدن عقب، یه سیگار آتیش زدن دادن دستم.

ممد گفت مُرده انگار.

داود یه سیگار آتیش زد، داد ممد هم دو تا پک بزنه.

بعد جیباشو گشتن، مدارکشو ور داشتن.

لاشه‌شو بلند کردیم انداختیم تو مینی‌بوس اسقاطی و سر و صورت خودمونو از خون پاک کردیم، راه افتادیم طرف پایگاه.

تارهای موی دختره چسبیده بود به لباسم، هر چی می‌کندم باز بود...

خسته و کوفته بودیم و اعصابمون خط خطی بود.

دمش گرم، داود اخلاق من دستشه. می‌دونه این‌جور وقتا خوراکم نوحه و روضه است. نوار نوحه گذاشت صداشو بلند کرد حال کنم.

من با نوحه حال می‌کنم، گریه می‌کنم، تو سرم می‌زنم، زار زار گریه می‌کنم.

گریه که می‌کنم، سبک می‌شم و حال می‌کنم. حس می‌کنم آقا امام زمان ازم راضیه و پشتمه. همین بسمه. چی می‌خوام دیگه؟

احساس رضایت که می‌کنم بیشتر گریه می‌کنم.

همه‌مون تو ماشین داشتیم تو حال و هوای نوحه زار زار گریه می کردیم. خیلی سوزناک می‌خوند.

تو راه باز چند تا دختر بی‌حجاب دیدیم، اما دیگه حال و حوصله نداشتیم. برگشتیم پایگاه.

تو راه یکی باز یه سیگار داد دستم.

دهنم تلخ بود. بوی خون می‌داد. حالم داشت به هم می‌خورد.

هوا هم گرم بود بدمصب!

تعظیم

خانوم نازپرور غش‌غش می‌خندید، می‌گفت: «این تعظیم کردنشون منو کشته. چنان جلوی آدم تعظیم می‌کنن که آدم گشنه‌شم نباشه اشتهاش وا می‌شه...»

من عشق می‌کنم یکی جلوم تعظیم کنه. حاضرم هرچی دارم بدم یکی جلوم تعظیم کنه...

گفتیم بریم ببینیم راست می‌گه.

یه مدت پولامونو جمع کردیم که یک هفته بریم جزیره حال بیاییم و حال این و اونو هم بگیریم که مرتب پیش ما پز می‌دادن تو این جزیره و اون جزیره، این هتل و اون هتل با این و اون امکانات خیره‌کننده اقامت گزیده‌ان، حالا سر و مر گنده برگشته‌ن نفسی تازه کنن، خودشون رو آماده کنن برای مسافرت بعدی به جزیره و هتلی دیگه...

جمع کردیم پریدیم. هواپیما ما را ورداشت آورد جزیره و از اون جام با اتوبوس اومدیم هتل...

حالا ساعت چنده؟ ۱۱. کِی تعظیم می‌کنن؟ وقتی غذا می‌دن، از یازده‌ونیم تا دو.

چه کنیم چه نکنیم، همه چی تقریباً همون جور بود که خانوم نازپرور با فیس و افاده تو عکساش نشونمون می‌داد. اومدیم پایین نوبت بگیریم زود بریم تو سالن ناهارخوری، راه ندادن، گفتند زوده. چرخیدیم و چرخیدیم و اومدیم دیدیم چند تایی در آستانه‌ی سالن ناهارخوری با لباسای شیک و کراوات و رسمی ردیف هم منظم وایساده بودن و هر کی می‌رفت تو بهش تعظیم می‌کردن و خوشامد می‌گفتن.

عجب تعظیمی هم می‌کردن، لاکردار! کیف کردم...

خواستم عکس بگیرم از تعظیمشون، زنم گفت بده. گفتم چرا بده، چه‌جوری پس ثابت کنیم تعظیم کرده‌ن...

خلاصه گذاشتیم برا بعد. نوبت خودمون که شد داشتیم پیش خودمون می‌گفتیم تعظیم کردن، چه جوری تشکر کنیم یا که اصلاً نکنیم و بی‌اعتناء فقط با یه لبخند بزرگوارانه رد بشیم... که یهو یکیشون با اخم و تخم اومد جلو پرسید مال این هتل هستین. گفتیم بله اتاق ۲۰۸. دستامونو نیگا کرد گفت مچ‌بند پلاستیکی‌تون کو. یادمون رفته بود داده‌ن یا نداده‌ن و اگر داده‌ن کجا گذاشته‌یم. خلاصه ما رو فرستادن پیشخوان هتل و اون‌جا سوال و جواب و شماره اتاق و پاسپورت و بالاخره بهمون مچ‌بند

پلاستیکی دادن، اومدیم مچ‌بند رو نیگا کردن و بدون این‌که تعظیم کنن گذاشتن بریم تو سالن. آقا ما رو می‌گی...

غذا بی‌تعظیم کوفتمون شد.

دیدیم این‌جا از تعظیم معظیم انگار خبری نیست. به خانم نازپرور زنگ زدیم گفتیم اینجا سرویسش خوب نیست. گفت برین یه هتل دیگه. آژانس که خیلی خوب باشه تو هتل‌های دیگه هم می‌شه شنا کرد و غذا خورد.

ما که دیدیم این‌جوره، یه مدت این‌ور اون‌ور چرخیدیم و یه روز مونده به آخر کلی پیاده کوبیدیم زیر آفتاب رفتیم یه هتل دیگه که خیلی شیک و پیک‌تر بود و یه قدری چرخیدیم تا وقت ناهار شه و شد و رفتیم دیدیم یزیدتو! چه آلاف و اولوفی!

گارسونا و پیشخدمتا با شلوار سفید و فراک مشکی بلند و کراوات قرمز اعلاء با آرم هتل دست‌به‌سینه وایساده بودن و یکی هم زنده پیانو می‌زد و مهمونا یکی‌یکی تعظیم و تکریم می‌شدن، می‌رفتن تو.

به زنم گفتم بره جلو وایسه عکس بگیرم تعظیم پیشخدمتا هم بیفته تو عکس. رفت وایساد گرفتم. گفتم حالا تو از من بگیر. رفتم قیف اومدم وسط مهمونا دستمو بزرگوارانه به سمت پیشخدمتا دراز کردم و نیم‌رخم رو سمت دوربین چرخوندم و

گرفت. گفتم باز از این یکی زاویه که دستمون پُر باشه، بر می‌گردیم حال خانوم نازپرور و بقیه رو بگیریم.

خلاصه عکسا رو گرفتیم و خواستیم خوش‌خوشک بریم تو سالن ناهارخوری که یکی‌شون با اون یکی پچ‌پچ کرد رفت با یکی دیگه هم پچ‌پچ کرد و بعد یکی دیگه‌شون از پشت سرمون اومد گفت شما مهمون این هتلید. گفتیم بله. گفت مچ‌بندتون زرده، این‌جا سبزه. گفتیم ای بابا...

گفت از کجا عکس گرفتین. گفتیم از خودمون. گفت نه، از شما شکایت شده که بی‌اجازه عکس دیگرانو گرفتین. گفتیم نه، گفت آره. خلاصه ما رو بردن و دوربینو گرفتن و فیلمشو در آوردن و بعضی عکسای گوشیمونم پاک کردن گفتن بفرمایین. گفتیم آخه برا چی. تند تند به اسپانیایی با هم حرف زدند حالیمون کردن کارمون غیرقانونیه و اصلاً اجازه نداشتیم بریم داخل این هتل و خواستن پلیس خبر کنن که افتادیم به دست و پاشون و تعظیم هم کردیم یا نکردیم یادم نیست.

خلاصه نذاشتیم بیخ پیداکنه و با خواهش و تمنا ختمش کردیم و راهیمون کردن هتل خودمون. فرداش هم که روز آخر بود کلیدامونو تحویل دادیم دست از پا درازتر منتظر اتوبوس شدیم، برگردیم فرودگاه.

حالا تو این هیر و ویر زنم پیله کرده که این همه پول دادیم تازه تعظیم هم کردیم.

خانوم نازپرور هم داره زنگ می‌زنه.

آفتاب داغ جزیره هم صاف می‌خوره تو کله‌مون گیج و کلافه‌مون می‌کنه.

اتوبوس بدمصب هم نمی‌آد ورداره ببره ما رو از این جهنم‌دره.

خیریه

تماس گرفتم گفتم: «ببخشید خانوم، شما زنگ زده بودین؟»

گفت: «نه، چطور مگه؟»

گفتم: «هیچی، این‌جا اسم شما ثبت شده.» گفت: «در چه رابطه‌ای؟»

گفتم: «همون نهاد خیریه‌ی ما برای کمک به نیازمندان واقعی جامعه...» عذر خواهی و ... قطع کردم.

حدود یک ساعت بعد زنگ زد جواب ندادم. دوباره زد. جواب ندادم. بار سوم هم جواب ندادم.

پیام گذاشت که: «سلام، ببخشید مزاحمتون می‌شم. ممکنه بفرمایین شرایطش چیه، چون فکر می‌کنم واجد شرایط باشم.»

دو، سه ساعتی که گذشت پیام‌های متعددی از افراد مختلف دریافت کردم که همه با شرح درماندگی‌هاشون تقاضا می‌کردن اسمشون در لیست ما ثبت بشه. به هیچ‌کدوم پاسخ ندادم.

فردای اون روز تعداد تقاضاها و پیام‌های ضبط‌شده چند برابر شد. پیام‌ها فقط تا یک دقیقه ضبط می‌شد و بقیه‌ش ضبط نمی‌شد:

«ببخشید، خواهش می‌کنم یا فرم ثبت‌نام بفرستین یا همین پیامو تقاضا تلقی کنین. به خدا من گرفتارم. شرحش خیلی مفصله...»

«از زابل زنگ می‌زنم. لابد می‌دونین زابل کجاست و چه خبره. آقا من دستم خالیه. دیگه هیچی ندارم. فکر نکنم وضع کسی بدتر از من باشه... »

«کلیه‌مو فروختم برای دخترم جهاز بخرم پول یه یخچالم نشد. خواستم اون یکی رو هم بفروشم گفتن نمی‌شه. دست، پا، دل و روده هر چی بخوایین می‌فروشم. کی از من نیازمندتر... »

«لب تر کنی زن، دختربچه، پسربچه... هر سن و سالی سه‌سوته. فقط فوری پول برسونید. آس و پاسم...»

«شوهرم اعدام شده. پسرم زندانیه. دو تا دخترام سرگردونن. زندگی نداریم...»

«هر رقم که بخوایین نوزاد موجوده... پول لازمم بدجوری. می‌فهمین؟ ندارم ندارم ندارم.... »

«هیچی ندارم. می‌فهمین هیچی یعنی چی... »

حین گوش دادن به پیام‌ها خانومی که روز اول زنگ زده بود باز زنگ زد. برداشتم، باورش نمی‌شد.«ببخشین, خیریه ...»گفتم: «بفرمایید.»گفت: «خواهش می‌کنم قطع نکنید آقا! وضع من خیلی خرابه.»گفتم: «اسم شما حذف شده.»گفت: «آخه برا چی؟»گفتم: «برا اینکه انکار کردید تماس رو. ما نمی‌تونیم اسمی رو که حذف کردیم دوباره ثبت کنیم... »

قبل از اینکه قطع کنم خاطرنشان کردم بنا به مصوبه‌ی هیئت امناء از این پس تاریخ تولد و شماره شناسنامه متقاضیان را هم ثبت می‌کنیم تا اشتباهی در مورد ثبت اسامی پیش نیاد.

خبر به سرعت برق پخش شد.

تقاضاهای کتبی، اینترنتی و تلفنی از این پس همه همراه تاریخ تولد و شماره شناسنامه و در مواردی حتی عکس متقاضیان بود. از اونجایی که تقاضاها به طرزی حیرت‌آور افزایش پیدا می‌کرد و عده‌ای هم مبالغ هنگفتی تقاضا می‌کردن، اعلامیه دادیم در واتس آپ و اینستاگرام که برای اینکه حتی‌الامکان به عده بیشتری کمک بشه، حداکثر کمک اهدایی به هر فرد ۱۰۰۰ دلار تعیین شده.

مصرانه عکس ساختمان خیریه و آدرس پستی اونو می‌خواستن که جز آدرس یک صندوق پستی چیزی دریافت نمی‌کردن.

در عرض مدت بسیار کوتاهی خروار خروار تقاضا بهمون رسید و ناچار یه کارت ذخیره پرحجم هم برای انبوه تقاضاهای تلفنی، به تلفن وصل کردیم.

تقاضاهای تلفنی گاهی تضرع‌آمیز بود و دل انسان رو به درد می‌آورد. با این حال ما همه رو گوش می‌دادیم. خیلی‌ها هق‌هق‌کنان تقاضا می‌کردن و اغلب برای محکم‌کاری به تقاضای تلفنی بسنده نمی‌کردن و کتبی و آنلاین هم تقاضا می‌دادن.

همه می‌خواستن مطمئن بشن که اسمشون ثبت شده. ما زیر بار نرفتیم چون وقت و انرژی و هزینه‌ی هنگفتی می‌طلبید.

صداها با لهجه‌های مختلف بود و همه سر یک دقیقه حرفشان بریده و قطع می‌شد. معلوم بود یک سینه سخن دارن.

تقاضاهای کتبی اغلب همراه با گواهی پزشکی مبنی بر ضرورت عمل جراحی، حکم تخلیه‌ی خونه‌ی استیجاری به علت نپرداختن کرایه، اقساط عقب افتاده، گاهی هم نقاشی بچه‌ها بود که در اغلبشون یه خورشید بزرگ زردرنگ روی ساختمون کج‌وکوله ای به نام خیریه می‌تابید و در پس زمینه هم یک درخت و یکی، دو پرنده تو آسمون دیده می‌شد.

گاهی اشعاری هم در وصفمون و در ثنا و بزرگداشت کار نیکمون می‌سرودن که به دل می‌نشست. شعرها اغلب مقفی و چندبیتی بود. مادرها و پدرها معمولاً دعامون می‌کردن و برامون طول عمر و زندگی سالم و پر خیر و برکت آرزو می‌کردن.

این همه تضرع ملتمسانه از یه طرف و تشویق‌ها و دعاها از طرف دیگه ما رو سر شوق آورد و تصمیم گرفتیم لیستی از افراد تهیه کنیم و بر اساس میزان نیازشون رتبه‌بندی کنیم. می‌موند خیریه که باید یه جوری دست‌وپا می‌کردیم... چاره‌ای نبود. چه می‌شد کرد در برابر این دریای اشک! دلمون لرزید و ترسیدیم از این همه محرومیت...

جغرافیای ایران با تمام کوه‌ها و دریاها و تاریخ باشکوهش پیش چشمامون به چرخ دراومد... اون کوه‌های بلند و اون شکوه تاریخی و این همه حقارت و محرومیت!

کوه‌های مغرور سربه‌فلک‌کشیده‌ی مشرف به مردم فلک‌زده... چطور ممکنه؟!

ناچار با دست خالی دست به کار تأسیس خیریه شدیم. بی‌اعتناء به این‌که چقدر و چگونه عملی باشه، چقدر نیرو بخواد و چقدر طول بکشه.

از غرق شدن که بهتره. دست روی دست می‌ذاشتیم غرق می‌شدیم توی دریای اشک.

لایک

آقا هر چی صبر کردیم، صبر کردیم، صبر کردیم، سیگار دود کردیم، لایک نیومد. نیومد که نیومد...

من پست بذارم ده دقه بشه لایک نخوره کف می‌کنم...

آقا مصطفامون اخلاق من دستشه. باسوات محله‌مونه و خوراکشم فیس‌بوکه و به این و اون خوراک می‌ده...

تا بو برد پکرم، یه مشت پست و عکس فرستاد که لایک‌خورشون خوبه. گفت یکی‌یکی اینا رو پست کن لایکش تضمینیه...

گفتم: «آقا مصطفا، تضمینی تضمینی؟!» گفت: «تضمینی تضمینی!...»

ما اولی رو، یه جمله قصار بود از نمی دونم کی، ویل کاپی، ویل دورانت، ویلی برانت، ویلی چی چی، نمی‌دونم کی، راهی کردیم چیزی از توش در نیومد.

گفتیم چه کنیم چه نکنیم، ورداشتیم آلبر کامو رو روون کردیم با اون عکسش که سیگار دستشه، اونجا که می‌گه انسان تنها نمی‌دونم چی می‌شه...

خب دیدیم تو فیس‌بوک خیلی‌ها مثل خودمون تنهان، وصف حال باشه بلکه لایک کنند... آقا بشین بشین بشین، کو لایک؟!

رفتیم چرخیدیم تو پست‌های فیس‌بوک دیدیم ای دل غافل! ممد قندپهلو همین پست آلبر کاموی ما رو پست کرده ۱۲ تا لایک گرفته!...

آقا ما رو می‌گی، زنگ زدیم به آقا مصطفا که: «داداش این بود رسم رفاقتت، یه پستو به دو تا کرایه می‌دی؟!...»

آقا مصطفا جا خورد. می‌دونه من داغ کنم داغ می‌کنم... گفت: «نه تو نمیری، الان یه نیچه برات می‌فرستم اون آلبر کامو رو از میدون درکنی.»

گفتم: «چطور؟» گفت: «این سبیل داره اون نداره. این مَرده، اون سوسوله...»

آقا فرستاد و ما هم فوراً راهی کردیم. نمی‌دونم چی گفته بود، فقط عکسش با اون سبیل کلفتش خیلی حق بود. آقا راهی کردیم و اومدیم سیگارو بگیرونیم، هنوز دو سه دقه نشده بود که اولین

لایکو دشت کردیم. یکی دو تا پک زده نزده لایک بعدی اومد!... گفتیم دمت گرم آقا مصطفا!... گوشی رو ور داشتیم حال ممد قندپهلو رو بگیریم...

گفتیم: «ممد آقا با سوسولا می‌پری!» گفت: «منظور؟» گفتم: «این یارو سوسوله آلبر کامو...» گفت: «اون که خوراکمه. تو با کی می‌پری مگه؟» گفتم: «با یه مرد!» گفت: «کی رو می‌گی؟» گفتم: «سبیلو ببین حظ کن!»

گفت: «بذار ببینم... آهان، این یارو نیچه رو می‌گی...» گفتم: «آره داداش!» گفت: «این که تاریخ مصرف گذشته‌اس!» گفتم: «اختیار دارین، تو سر مال نزن، نو نو نویه!... » حس کردم حالش گرفته است.

آقا قطع کرد و چند دقه بعد یهو یک لینک فرستاد، همون پست نیچه‌ی ما بود مال دو ماه پیش که ۲۳ تا لایک خورده بود! زیرش هم یک شکلک مسخره کردن، کاشته بود لج ما رو درآره...

آقا ما رو می‌گی! سوختیم... یه ساعت دیگه دندون رو جیگر گذاشتیم بلکه لایکامون بزان، زیاد شن، نشدن. رو همون دو تا موندن...

داغ کردیم. ما داغ کنیم، داغ می‌کنیم، داغون می‌کنیم، درب و داغون می‌کنیم. کسی اعصاب ما رو خط بندازه، خط خطش می‌کنیم...

خواستیم تلفن کنیم به آقا مصطفا چند تا کلفت بارش کنیم، گفتیم نه، بدجوری داغ بودیم.

تلفنو گذاشتیم، پاشنه‌ها رو ورکشیدیم، رفتیم سراغش.

خرما برای شوپنهاور

قبلاها زن‌های سنتی می‌نشستند در درگاهی، یا حلقه‌ای جلوی در خانه توی کوچه ولو می‌شدند، غیبت می‌کردند و سبزی پاک می‌کردند برای آش‌پزون.

حالا همه دست‌الجمع رفته‌اند فضای مجازی، اینستاگرام و فیس‌بوک و تلگرام و غیره.

هرجا مجازی می‌بینند می‌روند تو. یکی‌ش عمه‌ی خودم.

زنگ زده می گوید: «این شوهر هاپر کیه؟»

گفتم: «به گوشم نخورده.»

گفت: «خاک تو سرت که از دنیا بی خبری.»

لینکی از فیس‌بوک فرستاد از شوپنهاور که گفته بود زندگی آن است که نمی‌دانم چی.

گفتم: «عمه این که شوپنهاوره که!»

گفت: «همون، اسمش کلاس داره. کیه حالا؟»

گفتم: «تا اون‌جا که می‌دونم نویسنده و فیلسوفه.»

گفت: «بارک الله.»

گفتم: «خب؟»

گفت: «خب به جمالت.»

گفتم: «حالا یعنی چی؟»

گفت: «خدیجه خانوم اینو پست کرده.»

گفتم: «خب؟»

گفت: «خب و زهر مار! وقتی خجه خانونم پست می‌کنه یعنی کاسه‌ای زیر نیم‌کاسه‌س.»

گفتم: «من که سر درنمی آرم.»

گفت: «منم می‌دونم سر نمی‌آری، برو ته و توشو در آر ببین این یارو کیه، چی گفته، کس و کارش کی‌اند، تا سر در آرم چرا خجه خانوم رفته سراغش.»

گفتم: «عمه جون این فیلسوف آلمانیه و خیلی وقت هم هست که مرده و عمرشو داده به شما.»

گفت: «خدا بیامرزدش.»

گفتم: «نمی‌فهمم ربطشو به خجه خانوم.»

گفت: «ربطش اینه که از وقتی پاش به فضای مجازی باز شده دو تا دختر ترشیده‌شو شوهر داده و حالا داره دست بالا می‌کنه برا سومی.»

گفتم: «من که نمی‌فهمم.»

گفت: «اگه می‌فهمیدی عجب بود. فرستادیمت خارجه درس بخونی آدم شی از زندگی سر بیاری، هیچ پخی نشدی.»

گفتم: «حالا می‌فرمایید من چیکار کنم.»

گفت: «منم دختر دم بخت دارم مث دسته‌گل.»

گفتم: «خب.»

گفت: «می‌خوام ته و توشو در آرم چرا خجه خانوم رفته سراغ این آلمانیه. شاید برای دختر سومش هم خیالاتی کرده.»

گفتم: «عمه جون این یارو شوپنهاور خودش ازدواج نکرده و همیشه تنها بوده و اصلاً اهل خونه و زندگی و این حرفا نبوده ها. شمام از میون پیامبرا جرجیسو انتحاب کردی.»

گفت: «من نکردم، خجه خانوم کرده. حتما یه حساب و کتابی تو کاره. آخه این دختر منم باید بره سر خونه زندگیش دیگه. این دختر من ماشاالله هزار ماشالله از هر انگشتش هزار هنر می‌ریزه و هر مردی رو سر به راه و اهل خونه و زندگی می‌کنه.»

گفتم: «آره، ولی این یارو خیلی به همه چیز بدبین بوده ها.»

گفت: «ایناش به ما چه! ما رو که تو قبر اون نمی‌ذارن. توی این عکسش خیلی جا افتاده به نظر می‌آد، فیلسوف هم که بوده، دیگه آدم چی می‌خواد؟»

گفتم: «عمه جون این یارو مُرده، هفت تا کفنم پوسونده ها.»

گفت: «می دونم. این خجه خانوم آتیش‌به‌جون گرفته بی‌خود نمی ره سراغ کسی. یه چیزای می دونسته. یه پست از این آلمانیه گذاشته لایک بگیره لایکاش که زیاد شد یه دفه عکس دختر ترشیده‌شو می‌ذاره بغلش که بگه با این آلمانیه و فک و فامیلاش سروسرّی دارن.»

گفتم: «آخه... »

گفت:«آخه نداره، تو سرت تو حساب کتابای زندگی نیس. حالا دیگه همه چی شده مجازی، آدم باید حواسش جمع باشه فوت و فنا رو یاد بگیره پس نیفته. باید همه جا بگردی دنبال یه شیرپاک‌خورده برای دختر دم‌بختت تا نترشه بدبخت نشه.»

گفتم: «یعنی شما می‌خوای برای... »

گفت: «قربون آدم چیز فهم!»

گفتم: «حالا من باید چه کنم؟»

گفت: «هیچی. برو بگرد خوب از ته وتوی زندگی این آلمانیه سر در آر به من بگو بلکه فرجی بشه به این خجه خانوم رو دست بزنیم.»

گفتم: «ولی عمه جون تا اونجا که می دونم این آدم همه‌ی وجودش انزوا و افسردگی و بدبینی بوده و با شادی و زن و بچه سر و کار نداشته ها. گفته باشم، نگی فردا چرا نگفتی.»

گفت: «اگه خجه خانوم با همین برا دختر ترشیده‌ش شوهر پیدا کرد چی؟»

گفتم: «معجزه است، فقط معجزه.»

گفت: «تو به این کارا کار نداشته باش. خجه خانومو من می‌شناسم. می‌دونم چه مارمولکیه. اون وقتی دنبال یه کاریه لابد حکمتی تو کاره.»

قدری مطالعه و پرس‌وجو کردم و چند روزی گذشت که عمه باز زنگ زد. گفت: «چی شد؟ شیری یا روباه؟»

گفتم: «یه نگاهی انداختم، یه چیزکی پیدا کردم.»

هول‌هولکی گفت: «خب خب...»

گفتم: «جونم برات بگه که شوپنهاور یه کتاب نوشته "در باب حکمت زندگی". اون‌جا گفته دخترا نباید قبل از ازدواج بی‌حیایی کنن و همه چی بعد از شوهر کردن و ازدواج.»

گفت: «خودشه. خدا پدرشو بیامرزه که شیر پاک خورده بوده. همینه که این زنیکه به شوپنهاور چسبیده. من می‌دونستم پای ازدواج و شوهر در میونه.»

گفتم: «شاید، ولی این فقط یه خلاصه‌ی کوچولو از یه قسمت از کتابشه، خیلی چیزای متناقض دیگه هم گفته که به درد ما نمی‌خوره.»

گفت: «همینه. همین بسه. قبرشو باید گلبارون کرد. من هی می‌گم شوهر شوهر، تو می‌گی نه. من می‌گم پای شوهر وسطه تو می‌گی نه. همین شب جمعه چند کیلو خرما بخر ببر سر قبرش خیرات کن عکسشو بفرست، بلکه فرجی بشه.»

گفتم: «عمه جون این‌جا این رسم‌ها نیست ها...»

گفت: «یه بار دیگه رو حرف عمه حرف بیاری دیگه عمه بی عمه.»

گفتم: «چشم.»

گفت: «برو عکس دخترمم بزرگ کن با یه شاخه گل بذار رو قبرش عکس بگیر بفرست، پست کنم تو فیس‌بوک چشم خجه خانوم کور شه.»

گفتم: «چشم.»

گفت: «چشمت بی‌بلا.»

آبرو

یکی آبرویش رفته بود، آشفته و پابرهنه در کوچه‌ها می‌دوید و نعره می‌کشید.

ما بچه‌ها دنبالش می‌دویدیم.

در خانه‌اش نیمه‌باز بود و پنجره‌هاش شکسته.

موتورها و ماشین‌ها دنبالش بوق می‌زدند و ما بچه‌ها سوت.

مردم جلوی خانه‌ها جمع شده بودند و از پنجره‌ها تا کمر در کوچه دولا شده بودند تا او را ببینند.

خون از دست و پایش و آبرو مثل دانه‌های عرق از سر و رویش می‌چکید. پاهایش می‌لنگید و به خس‌خس افتاده بود، بس که دویده و نعره زده بود.

از خودش می‌گریخت. او که از خودش می‌گریزد، نعره می‌زند.

دیگر داشت شب می‌شد. ما دیگر دنبالش نکردیم. برگشتیم.

جلوی خانه‌ی ما یکی مرده بود

مردم داشتند به خانه‌هایشان بر می‌گشتند و پنجره‌ها را می‌بستند.

ارواح مست

چند تا «روحت شاد» و چند تایی «روحش شاد» و دو، سه تا «روح و روانش شاد» داشتند دم دمای صبح سیاه‌مست از میخونه می‌رفتند خونه، خوردند به لشکری از ارواح که اصلا شاد نبودند؛

تو کارتن‌ها، زیر پل‌های هوایی، و رو نیمکت‌ها خوابیده بودند یا تو سطل آشغال‌ها دنبال ته‌مونده‌ی غذا می‌گشتند.

یه «روحش شاد» به اون یکی گفت: «اینا که سرگردونند، چی کار می‌کنند؟»

گفت: «زندگی.»

گفت: «مگه ارواح هم زندگی می‌کنند؟»

گفت: «اینا مرگ و زندگیشون یکیه. همیشه سرگردونند.»

گفت: «اینا که کانتینر آشغالو دمر کردن، مستند؟»

گفت: «نه، خسته‌اند. گرسنه‌اند.»

جلوی خانه‌ی ما یکی مرده بود

از کنارشون که تلوتلوخوران رد می‌شدند دسته‌جمعی دم گرفتند:
«خانوما، آقایون روح همتون شاد!»

یه سطل آشغال بزرگ یهو دمر شد.

اعدام

مادر بیا منو بزن تو رو به جدم سیدالشهدا بیا منو بزن خودتو نزن منو بزن خدا را خوش نمی‌آد با اون انگشتای لرزونت به صورتت خنج بکشی بیا منو بزن من پسرتو کشتم من کشیدمش پای دار من بردمش بالای دار بیا منو بکش تو رو به خدا مادر گریه نکن من گریه‌تو نمی‌تونم ببینم مادر پسرتو دادیش به خدا به خوب کسی دادیش جاش امنه مادر خیالت راحت تو سرت نزن گریه نکن خیلی عزیز بود خیلی مادردوست بود از دیشب که آوردنش سلول اعدام یه دم مادر مادر می‌کرد و گریه می‌کرد سر و صورتشو به در و دیوار و میله‌ها می‌کوبید و مادر مادر می‌کرد می‌خواست ببخشیش سن و سالی نداشت جوون تازه پشت لبش سبز شده بود زار می‌زد می‌گفت بی‌گناهم بی‌گناهم بی‌گناهم به مادرم بگید بی‌گناه اومدم بی‌گناه می رم حالا اون بالا پیش خداست بی‌گناه باشه تو عرش اعلاست خیالت راحت گریه نکن مادر راحتش کردیم تموم شد فاتحه صبح کله‌ی سحر که برادرا رفتن سراغش بیارنش پای دار سر و صورتش خونین و مالین بود و هنوز داشت عربده می‌کشید دمپایاشو پرت کرد و عین گوسفند که می‌خوان سرشو ببرن می‌خواست فرار کنه با صورت خورد به میله‌ها

بستیمش با طناب دست چند نفرو گاز گرفت دست منم گاز گرفت نیگا این‌جا رو گاز گرفت فدای سرش فدای سر خودت مادر من وظیفه‌م رو انجام دادم منو ببخش من با همه‌ی مادرا که پسراشونو اعدام می‌کنم می‌شینم یه فصل گریه می‌کنم آروم شم گریه نکنم دیوونه می‌شم گریه اجر اخروی داره ما مأمور اجرا و معذوریم مادر من اعدام نکنم یکی دیگه می‌کنه بذار ثوابش برسه به من منم خدا شاهده خونواده‌ی شیش‌نفره رو باس نون بدم منم ندارم مادر منم مثل خودت مثل پسر گلت ببین تو رو خدا دیگه گریه نکن خودتو نزن منو بزن منو بزن راحت شی تو رو خدا بیا منو بزن ثواب داره برا من منو بزن گناهامو بشور خودتو نزن این‌جام تو زندان دیگه نشین تموم شده عفو تو کار نیست اعدام شده تموم شده امروز تشریفات پزشکی قانونی و مراسمشو انجام می‌دن فردا می‌برنش غسالخونه برا دفن تو قبرستون پاشو مادر پاشو برو مادر قربونت برم انگار مادر مرحوم خودمی منم دو تا داداشام تو کار مواد بودن اعدام شدن مادرم چند شبانه روز گریه کرد ما کوچیک بودیم اون وقتا نمی‌فهمیدیم بزرگ که شدیم افتادیم تو کار مواد و زندان و بهمون عفو خورد و خودمون اومدیم تو کار اعدام اینم بالاخره یه کاریه دیگه از بی‌کاری که بهتره حالا من جلادم مادر ببین جلاد ترس نداره بچه‌ها رو اعدام می‌کنیم مادرا رو آروم بده باز فردا روز از نو روزی از نو گریه نکن ما همه‌مون بدبختیم همه‌مون فلک‌زده‌ایم مادر ببین مثل خودت گریه می‌کنم پامو ول کن مادر پامو ول کن بذار برم برو بقیه‌شو

خونه گریه کن فردا بیا قبرستون من نمی‌تونم بیام فردا یکی دیگه رو باید اعدام کنم برو خدا نگهدارت دیگه گریه نکن تو رو خدا یه صلوات بفرست ختمش کن پامو ول کن مادر پامو ول کن پامو ول کن باید برم برادرا چند تا بیایید این مادرو از اینجا جمع کنین پاشو برو مادر پامو ول کن بذار برم اللهم صل علی محمد...

شب

نوحه خواندند، سینه زدند. نوحه خواندند، زنجیر زدند. نوحه خواندند، قمه زدند.

زنگ زدند. کیه، دو بعد از نیمه‌شب... خواب و بیدار بودم. پا شدم گیج و منگ رفتم سراغ آیفون. بله... جوابی نیامد. دوباره پرسیدم، کیه... جوابی نیامد. اشتباه کرده بودم؟ چیزی نشنیده بودم؟ کسی زنگ نزده بود؟

آمدم کمی آب خوردم، خوابیدم. مگر خوابم می‌بُرد. همهمه‌ای، ولوله‌ای در راهروهای بیرون شنیدم که قطع شد. شاخ و برگ درخت‌ها به پنجره می‌خوردند. بعد صدای کشیده شدن چیزی روی زمین. چیزی خس‌خس می‌کرد، فس‌فس می‌کرد، قرچ‌قرچ می‌کرد و آرام جلو می‌آمد.

پا شدم پرده را کنار زدم؛ تنه‌ی عظیم ماری آرام‌آرام می‌خزید و هی بزرگ می‌شد و دور ساختمان و درخت‌های اطراف آن می‌پیچید. درخت‌ها و دیوارها را می‌فشرد و پنجره‌ها را له می‌کرد.

باید گریخت. کجا؟ از کجا؟ از پنجره بیرون بپرم. باز نمی‌شد. دویدم به سوی در، باز نمی‌شد. قرچ قرچ می‌کرد و داشت له می‌شد.

خس‌خس نزدیک‌تر شده بود. قلبم سفت می‌شد. نفسم می‌گرفت، بالا نمی‌آمد. تشنه بودم، خسته بودم، مرده بودم؟

تن مار، کاشیکاری معرق و منقوش به کتیبه و گل و بوته‌های اسلیمی، ختایی، بزرگ‌تر می‌شد و تمام پنجره را می‌گرفت.

قرچ‌قرچ کمرم می‌شکست و دنده‌هایم له می‌شد. در گوشم باد می‌پیچید، گلویم فشرده می‌شد. صدای خرد شدن استخوان‌هایم را می‌شنیدم. تنم له می‌شد. دیگر هیچ چراغی هیچ‌جا روشن نبود. شب شب‌تر می‌شد.

هنوز نوحه می‌خواندند. در استخوان‌هایم نوحه می‌خواندند. بر سرم قمه می‌زدند.

چیزی گم نکرده‌ام؟

چیزی گم نکرده‌ام؟ کیف پولم که سر جایش است. کلید خانه، سویچ ماشین، کارت‌هایم، کارت شناسایی، کارت بیمه، گواهینامه، گوشی... گوشی‌ام کجاست؟

آن را ربوده‌اند؟ در راه جایی نیفتاده؟ شاید خانه جا گذاشته‌ام؟ زنگ بزنم از زنم بپرسم. بی‌گوشی چگونه زنگ بزنم؟

برگردم پیاده‌رو را ببینم.

از کجا راه افتادم؟ کی راه افتادم؟ کجا بودم؟

خانه بودم. از خانه بیرون آمدم. کسی گویا زنگ زد، جواب ندادم. اصلاً نگاه نکردم کیست. دیر شده بود فوراً باید به مترو می‌رسیدم. به مترو رسیدم. چند ایستگاه بعد این‌جا پیاده شدم.

این‌جا باید دخترم را از مدرسه به خانه ببرم.

رسیدم. کسی نیست. کسی در مدرسه نیست. این‌جا اصلاً مدرسه نیست. ساختمانی مخروبه است. این‌جا همیشه مدرسه بود.

دخترم همیشه این ساعت این‌جا بود. از دوستانش خداحافظی می‌کرد و با من می‌آمد.

لابد خودش به خانه رفته.

به خانه بر می‌گردم. خانه در ندارد. دیواری است دهان‌گشوده.

از آن عبور می‌کنم. این‌جا روزی خانه بوده است. زنم در این خانه بوده است.

اوست که دارد جیغ می‌زند؟ چه کسی دارد جیغ می‌زند؟ به هر سو رو می‌کنم تا ببینم کی چی کجاست...

هیچ چیز هیچ‌جا نیست. هیچ‌جا هیچ‌جا نیست. این‌جا جایی نیست، چیزی نیست.

کیست پس که جیغ می‌زند؟ کیست؟ کجاست؟

باد و خاک در هم می‌پیچند و از دوردست صدای نعره مردانی را می‌آورند که در کوه‌ها گم گشته‌اند و اسب‌هایشان در قلعه‌های تاریخی هراسناک شیهه می‌کشند.

اصیل‌زاده

زنگ زد گفت: «آقای ...» گفتم: «بله. بفرمایین.»

گفت: «ببخشید مزاحم می‌شم، شما هنوز قصد ازدواج دارین؟»

گفتم: «چطور مگه؟»

گفت: «اسم شریفتون نزد ما تو لیست اصیل‌زادگانی است که قصد ازدواج دارن...»

کلمه‌ی اصیل‌زادگان تکانم داد. گفتم: «بله. ولی قصد ازدواج ندارم.»

خیلی محترمانه گفت: «از حضورتون عذر می‌خوام. پس اسم شریفتون رو حذف می‌کنم.»

گفتم: «نه بذارین باشه. فقط قصد ازدواج ندارم.»

گفت: «اینجا اسامی اصیل‌زادگانی ثبت شده که قصد ازدواج با دختران نجیب‌زاده‌ای دارن که خواستگاران اشراف‌زاده‌شون رو رد

کرده و هنوز در قصر پدر و مادر یا به تنهایی در ویلاهای شخصی خودشون زندگی می‌کنن.»

گفتم: «خیلی خوبه، ولی من قصد ازدواج ندارم.»

گفت: «ما به تصمیم شما احترام می‌ذاریم. پس اجازه بدید اسم شریفتون رو حذف کنم.»

گفتم: «نه نه... اجازه بدید من بعداً خودم به شما زنگ می‌زنم.»

گفت: «همون‌طور که مستحضرین کسی به ما زنگ نمی‌زنه، ما مطابق آیین‌نامه در صورت لزوم و در صورتی که هیئت‌مدیره تصویب و هیئت اجرایی توصیه کنه، به افراد زنگ می‌زنیم.»

گفتم: «پس چند روزی به من فرصت بدید.»

گفت : «حتماً می‌دونید که اگر در این فرصت زمانی مورد ازدواج یک دختر خانوم نجیب‌زاده با شما به ما برسه، دیگه به شما نمی‌رسه، به دیگران می‌رسه. به این ترتیب اسم شریف شما خودبه‌خود از فهرست اصیل‌زادگان ما حذف می‌شه.»

گفتم:«حذف نکنین! حذف نکنین! بذارین باشه فقط آدرس این دختر خانوم نجیب‌زاده رو به من بدید، ببینم چی می‌شه.»

گفت: «منو ببخشید، اما حتماً می‌دونید که اینجا نزد ما آدرس به کسی داده نمی‌شه. آدرس‌ها محفوظند. وقتی خبر شکوهمند و فرح‌بخش موافقت یک دختر خانوم نجیب‌زاده به شما داده می‌شه، یعنی این‌که تمام مراحل اداری آن در هیئت مدیره ما طی شده، انتقال نیمی از ثروت ایشان به شما انجام شده و فقط امضای شما را کم دارد که آن را مأموران و وکلای ما حضوراً درب منزل شما رسماً از شما دریافت و کلید خانه‌ی همسرتون رو به شما تقدیم می‌کنن.»

گفتم: «بسیار عالی.»

گفت: «پس شما هنوز قصد ازدواج دارین.»

گفتم: «بله بله البته که دارم. تعجب می‌کنم چطور تا به حال پیشنهادی به من نشده.»

گفت: «همان‌طور که خدمت شریفتان عرض کردم پیشنهادی به شما نمی‌شود. خود شما با اصالت نام و مقامتان به دختری نجیب‌زاده پیشنهاد می‌شید و در صورت قبول ایشون در هیئت مدیره مطرح و در صورت تصویب در هیئت عالی اجرایی مورد بحث قرار می‌گیره و در صورت تصویب نهایی اجرا می‌شه.»

هول‌هولکی گفتم: «اجرا بشه، پس چرا اجرا نمی‌شه؟»

گفت:«در مرحله‌ی نخست مستلزم آن است که خود شما ظرف ده روز بعد از ابلاغ، این دختر خانم نجیب‌زاده را دور و برتان بیابید یا این‌که او شما را بیابد. در چنین صورتی مأموران ما که پنهانی در محل حضور دارند وقوع مبارک دیدار رو به اطلاع ما می‌رسانند و بعد از اون مراحل اداری اجرا و تحقق آن به جریان می افته.»

گفتم: «چقدر خوب! من حتماً در این فاصله یا پیدا می‌کنم یا پیدا می‌شم.»

تلفن قطع بود یا شد. نمی‌دانم کی و چطور قطع شد. احتمالا بخشی از آیین‌نامه بود.

یک روز خانه ماندم. باورم نمی‌شد. خوابیدم، خوابم نبرد. گیج و منگ به خیابان رفتم. چیزی نیافتم، احتمالاً یافته هم نشدم. زود برگشتم.

روزها و روزهای بعد هم که به خیابان رفتم دیگر به عادت همیشگی در سطل آشغال‌ها دنبال ته‌مانده‌ی غذا نگشتم. همین‌طور که نگاهم به مردم بود و شق و رق راه می‌رفتم حسرت می‌خوردم که جلوی چشمانم آشغال‌جمع‌کن‌ها چه چیزهای خوبی از سطل‌ها بیرون می‌کشیدند.

یک بار یکی‌شان شیروانی یک خانه‌ی عروسکی قصرمانند پیدا کرد و یکی دیگرشان عروسک بزرگی درآورد و از دور نشانم داد که تقریباً سالم مانده بود. جا خوردم. تنم لرزید.

نزدیک‌تر که شدم دیدم موهاش کنده شده بود و یک دست و یک پا هم نداشت. اما چشم‌هاش سمت من بود و یه جوری کجکی و نجیبانه نگاهم می‌کرد.

تا کمر دولا شدم توی سطل ببینم دست و پاشو پیدا می‌کنم...

یکی داد زد: «مأمورا ...» همه در رفتند جز من.

توی سطل دولا ماندم. فکر می‌کردم شاید مأموران پنهانی نجیب‌زاده باشند.

ناظر آگاه

مرد بلندقد و خوش‌لباسی که هر روز ۹ صبح از عمارت قدیمی‌اش در شمال شهر بیرون می‌آمد، جلوی خانه پیپش را از توتون پر می‌کرد، روشنش می‌کرد و به سمت کیوسک روزنامه‌فروشی نبش خیابان می‌رفت، ناظر آگاه بود.

سرا پا درد و اندوه، در پی یافتن ریشه‌ی بدبختی‌هایمان ماه‌ها در پی دیدار با او بودم، اما او چنان جذبه‌ای داشت که جرئت نمی‌کردم نزدیکش شوم.

می‌خواستم بپرسم چرا ما این‌همه خسته‌ایم؟ وارفته‌ایم... اسیر جادوی کدام تاریخیم؟ چرا آزاد نمی‌شویم؟ چرا خوشبخت نمی‌شویم؟ چرا جوانی‌نکرده می‌میریم؟ چرا زود پیر می‌شویم؟ چرا مدام گریه می‌کنیم؟

هر روز به همان محل می‌رفتم و با همین صحنه روبرو می‌شدم.

تا این‌که روزنامه‌فروش که شاهد سرگردانی من در اطراف عمارت ناظر آگاه بود، روزی با دلسوزی گفت وقت ملاقات او ده صبح روزی در میانه‌ی ماه است.

با خریدن چند پاکت سیگار و چند روزنامه و مجله حاضر شد
سه ماه بعد ده صبح روزی در میانه‌ی ماه به من وقت ملاقات
بدهد و تأکید کرد این ملاقات یک بار است و تکرار نمی‌شود.

«باید حواست را جمع کنی، خوب گوش بگیری او چه می‌گوید.»
خوشحال از اخذ وقت دیدار قول دادم چنان کنم که او می‌گفت.

در سه ماه پیش رو مرتب از او مجله و سیگار می‌خریدم و او هم
گاه توضیحاتی در مورد آیین دیدار و رعایت دقیق تشریفات
مربوطه می‌داد و تأکید می‌کرد باید خوب گوش بدهم چه
می‌گوید. محل ملاقات، دفتر او، عمارتی نزدیک کوه بود.

روز ملاقات به بالای شهر که رسیدم، باید باقی راه را تا رسیدن
به تپه‌ی دیدبانی با ماشین دودی و الباقی را با درشکه طی
می‌کردم؛ رسم دیدار چنین بود.

به دیدار مردی می‌رفتم که بر اوضاع نظارت داشت و از آن‌ها آگاه
بود. درشکه مرا به عمارتی بسیار قدیمی در دامنه‌ی خلوت کوه
رساند. همه جا ساکت بود. چنان‌که به من گفته شده بود وارد
عمارت شدم تا در طبقه‌ی فوقانی آن با ناظر آگاه دیدار کنم.

داخل عمارت تاریک بود و معلوم نبود کدام پلکان به طبقه‌ی
فوقانی می‌رفت. هیچ چیز دیده نمی‌شد. خواستم بیرون بروم اما
در سنگین عمارت قج‌قج‌کنان پشتم بسته شده بود.

به من گفته شده بود عمارت در و دالان‌های زیادی دارد و ناظر آگاه در تالار میانیِ دالان مرکزیِ طبقه‌ی فوقانی پشت میزش نشسته مشغول مطالعه‌ی اسناد و یادداشت‌برداری است.

من جز تاریکی چیزی نمی‌دیدم.

یک‌باره زیر پایم خالی شد و داخل درشکه‌ای افتادم که مرا برد به باغ قلهک سفارت بریتانیا. مشروطه‌خواهان بست نشسته بودند.

مرد بلندقد و مسنی آن‌جا بود، سیه‌چرده، ریش‌سفید و گیسوپریشان با خاطری مجموع که می‌گفتند مرتب بین سفارت انگلیس و سفارت روس در باغ ایلچی در رفت و آمد بود و بر همه چیز نظارت داشت و آگاه بود. کسی در گوشم گفت او ناظر آگاه است. مشعوف شدم. مشتاقانه جلو رفتم سلام گفتم. سلام گفت.

گفتم: «مفتخرم از دیدارتان. دنبال ریشه‌ی تاریخی بدبختی‌هایمان هستم.»

بی‌آن‌که نگاهم کند، با متانت نزدیک شد و شمرده‌شمرده چیزهایی در گوشم پچ‌پچ کرد که هیچ از آن نفهمیدم. انگار به فارسی، روسی، انگلیسی یا ترکیبی از آن‌ها حرف می‌زد.

خواستم بپرسم چه گفته است. غیب شد.

خواستم از بست‌نشینان سفارت بپرسم. دیدم همه رفته‌اند در باغ سفارت دیگ پلو و قیمه بار گذاشته‌اند، سفره پهن کرده، قیمه‌ی نذری می‌خورند. خواستم به سمتشان بروم از کسی جویا شوم که فرصت نشد.

درشکه آمد مرا آورد باز به تاریکخانه‌ی عمارتی که قبلاً به آن وارد شده بودم.

چون در تاریکی گیج بودم و راهی نمی‌یافتم، در به رویم گشودند و به بیرون هدایتم کردند.

گیج و خسته به خانه آمدم.

فردای آن روز باز به سمت عمارت قدیمی در شمال شهر رفتم. جلوی آن ایستادم. همه جا را مه گرفته بود و مه مدام غلیظ‌تر می‌شد و باران ریزی می‌بارید.

صبح شد. مرد بلندقد و خوش‌لباس نیامد.

پرنده پر نمی زد. خیابان به طرزی مرگبار خلوت بود. باز دقایقی صبر کردم خبری نشد. دویدم سمت کیوسک روزنامه‌فروش. گفتم: «خواهش می‌کنم یک وقت دیگر به من بدهید.»

داشت چرت می‌زد. ظاهر آشفته و پریشانم را که دید سیگاری آتش زد و دستم داد. با خونسردی و متانت سرش را جلو آورد، گفت: «وقت ملاقات فقط یک بار داده می‌شود. تکرار هم نمی‌شود.»

خواستم چیزی بگویم، بی‌اعتناء سراغ چیدن روزنامه‌ها رفت.

خسته و نومید برگشتم به سمت عمارت قدیمی. بر جایش نبود. آنجا عمارتی نبود. در مه جلوتر رفتم، به دور و بر دست کشیدم، دیواری نبود، پلکانی، دری، عمارتی، هیچ جز مه نبود.

چیزهایی که از مرد بلندقد مسن، گنگ و مبهم در ذهنم مانده بود، از یادم رفته بود. برگشتم سمت کیوسک روزنامه‌فروش. درش بسته بود. روزنامه‌هایی جلوش بود که مال صد سال پیش بود.

سیگاری که دستم بود به ته رسیده بود. انگشتان دستم چروکیده بود.

پیر شده بودم؟

رقص باران

روزی مردی روستایی در خانه ما را کوبید و پی گاوش را گرفت. ما اظهار بی‌اطلاعی کردیم.

او مطمئن بود گاوش پیش ماست.

او را به خانه راه ندادیم. اما چون زیاد اصرار می‌کرد، قول دادیم در صورت دیدن گاو یا کسب هر خبری در مورد آن به او خبر بدهیم.

او رفت. یادش هم داشت از خاطرمان می‌رفت که روزی احساس کردیم از آب‌انبار قدیمی خانه صداهایی می‌شنویم.

آب‌انبار سال‌ها سال پیش چاه آب بود که خشکیده و آن را انبار کرده و اجدادمان چیزهای در آن چپانده بودند که هرگز به درد ما نمی‌خورد و ما حتی از وجودشان بی‌خبر بودیم.

شنیده بودیم جنگ‌افزارهای کهن، ابزارهای بسیار قدیمی کشت و زرع، بیل و کلنگ و چرخ چاه‌کنی و انواع خیش شخم‌زنی

آنجاست که رویشان قفسه و کمد و صندوق و داربست قالیبافی و فرش و زیلو و لباس نیمدار ریخته‌اند.

در انباری زیرزمینی زنگ زده بود و باز نمی‌شد و ما از یادش برده بودیم. اما حالا از آن صدا می‌آمد. ابتدا به صدا چون خفه و مبهم بود اعتناء نکردیم. چون از زیرزمین می‌آمد، دقیقاً منشأ آن معلوم نبود. فکر می‌کردیم جنگاوران باستانی بوده‌اند که گاه‌گویی در خواب سایه‌وار می‌آمدند، با شمشیرها و نیزه‌هایشان می‌رقصیدند، می‌می‌گساردند و آفتاب نزده می‌رفتند.

اما صدا این بار جور دیگری بود و روزهای بعد بیشتر شد و همسایه‌ها را آزرد. می‌آمدند حیرت‌زده می‌پرسیدند. جوابی نداشتیم. اظهار بی‌اطلاعی می‌کردیم.

این بود تا اینکه همسایه‌ها یک‌بار دیگر نه تک‌تک، که دسته‌جمعی به خانه ما آمدند و حیرت کردند که چقدر داخل خانه قدیمی است و چقدر ما از آنچه می‌نماییم پیرتریم. در سنگین آب‌انبار را از جا کندند و ناگهان صدا قطع شد.

همه در بهت و حیرت ساکت شدند؛ خورشید درشت درخشید و آسمان آبی‌آبی شد.

زمین زیر پایمان لرزید، کم‌کم انبار ترک خورد و یک‌باره پیش چشمان بهت‌زده‌ی ما دهان باز کرد و گاوی بسته به گاوآهن از آن بیرون آمد.

ما همه گریختیم.

گاو ماغ‌کشان از کوچه و خیابان می‌گذشت و زمین را با گاوآهن برای کشت خیش می‌انداخت و زیر و رو می‌کرد.

مردی که روزی در خانه‌ی ما را کوبیده بود، با اهل و عیالش پی گاو می‌رفت و در شکاف خیش‌ها بذر می‌کاشت.

ما همه، پیر و جوان، به یاد آیین‌ها و جشن‌های باستانی، ملبس به لباس‌های رنگین روزهای باشکوه تاریخی، شاد از شکست دیو خشکسالی و اهریمنان و بدخواهان، دست در دست جنگاوران باستانی، رقص‌کنان دنبالشان می‌دویدیم.

در آسمان «تیشتر» (۱) چنان چون اسبی سپید با گوش‌ها و لگام زرین پس از سه ده شب نبرد، اپوش دیو خشکسالی را شکست داده بود و باران ریزی خوشایند بر ما می‌بارید.

---

(۱) در اوستا، تشتر (تیر یشت) فرشته‌ی باران است که در ده روز اول ماه به چهره‌ی جوانی پانزده‌ساله در می‌آید و در ده روز دوم به چهره‌ی گاوی با شاخ‌های زرین و در ده روز سوم به سیمای اسبی سپید با گوش‌های زرین بر دیو خشکسالی پیروز می‌گردد. باران می‌بارد و آب‌ها به مزارع جاری می‌شوند.

باران بارورکننده‌ی زمین است. به همین دلیل آیین‌هاي زراعی بی‌شماری شکل گرفته‌اند تا به بارش باران منجر شوند. اجراي نمـایش در مقابل خورشید، صدا کردن طوفان از طریق کوفتن پتک بر سندان و انواع رقص‌های آیینی نمونه‌ای از این آیین‌ها هستند.

اهل کوفه

در میان پناهندگانی که در کلاس زبان شرکت می‌کردند یک عراقی هم بود که اهل کوفه بود. کمتر با دیگران می‌جوشید و زیاد سیگار می‌کشید.یک پناهنده‌ی اهل کنگو توجه مرا به او جلب کرد. گفت: «می‌شناسیش؟» گفتم: «نه.» گفت: «مرتب از من سیگار قرض می‌گیرد و پس نمی‌دهد.»

به انگلیسی شکسته‌بسته با هم حرف می‌زدیم. قول دادم وساطت کنم شاید فرجی شود. جیره‌ی پناهندگیمان محدود بود و باید صرفه‌جویانه خرج می‌کردیم.

یک روز سر صحبت را با پناهنده‌ی عراقی باز کردم پرسیدم: «کجایی هستی؟» گفت: «عراقی.» گفتم: «از کجای عراق می‌آیی؟» گفت: «از کوفه.»

گفتم: «خود کوفه؟» گفت: «بله، چطور مگه؟» گفتم: «هیچی.»نگفتم این اسم چه چیزهایی را از روضه‌خوانی‌ها، مداحی‌ها، داستان کربلا، سنت‌ها، باورها، خرافه‌ها و عادت‌های کهنه تداعی می‌کند. ناصرالدین‌شاه در سفرنامه‌ی عتبات عالیاتش

نوشته: «رفتیم به کوفه. داخل خرابه‌های کوفه شدیم. دیدیم الحمدالله که شهری است خراب! به‌جز تل خاک چیزی نیست.»

گفتم: «عراق آن همه شهر دارد، شهر قحطی بود که کوفه به دنیا آمدی؟» گفت: «من چه تقصیری دارم؟ پدر و مادر و جد و آبائم آنجا زندگی کرده‌اند.» با حیرت پرسیدم: «جد و آبائت؟» گفت: «بله.»

گفتم: «نسل اندر نسل آن‌جا بوده‌اید؟» گفت: «من و خانواده و والدین و پدر جد و جد مادرم آن‌جا بوده ایم. فکر می‌کنم اجداد آن‌ها هم همیشه آن‌جا بوده‌اند.»

گفتم: «عجب!» خواستم ببینم زنجیره‌ی نسلشان به آن داستان نبرد کربلا و عاشورا در سال ۶۱ قمری می‌رسد. گفتم: «یعنی نسل پشت نسل؟!» گفت: «بله.»

«ما اهل کوفه نیستیم، حسین تنها بماند. ما اهل کوفه نیستیم... » در ذهنم تداعی شد و پیوند یافت با قصه‌هایی که از جفایشان شنیده بودیم که ابتدا حسین را به کوفه دعوت کردند اما پس از سخت شدن شرایط، به سپاه یزید پیوستند.

بدون آن‌که گرایشی سفت و سخت به دین داشته باشم، این داستان‌ها را از زمان کودکی و نوجوانی در سر داشتم و خواه ناخواه کوفه دافعه ایجاد می‌کرد. عادات و خرافات، کوفه را

مطرود جلوه می‌داد. کوفه جایی بود که کسی نباید اهلش می‌بود. دوست می‌داشتم این آدم اهل کوفه نمی‌بود. چون او را که می‌دیدم کوفه را می‌دیدم، نه پناهنده‌ای آواره که سیگار قرض می‌گرفت و پس نمی داد.

سیگاری تعارفش کردم که فوراً گرفت و سیگارکشان سر تا پایش را برانداز کردم. چطور می‌شد با چنین موجودی سر کلاس نشست و احساس غبن و خیانت نکرد؟ چطور؟

او اهل کوفه بود، او اهل کوفه بود، طبل‌های دسته‌های عزاداری به سرمان می‌کوفت که او اهل کوفه بود. نمی‌شد ندید و انکار کرد. او اهل کوفه بود و حالا سر و مر و گنده جلوی من ایستاده بود. نمی شد او را نادیده گرفت. او اهل کوفه بود. بود، واقعا بود و حالا جلوی ما حاضر بود. چقدر در سینه‌زنی‌ها به اهل کوفه فحش داده بودیم. حالا یکی‌شان سر و مر و گنده جلویم ایستاده بود. با او چه باید می‌کردیم؟ او با خاطرات و باورهای ما، که با همه‌ی خرافی‌گری جزو وجودمان بود، جور در نمی‌آمد.

هیچ دوستی نداشت و احساس می‌کردم مدام مضطرب است. خودش هم خودش را تنها و منزوی احساس می‌کرد. کسی تحویلش نمی‌گرفت و کم‌کم دیگر کسی به او سیگار قرض نمی‌داد. مدتی چنین گذشت تا این‌که از کلاس غیبت کرد و بعد، مدتی دیر به دیر می‌آمد تا این‌که دیگر نیامد.

بعضی می‌گفتند برگشته به کشورش، بعضی هم می‌گفتند لابد دیپورت شده که غیبش زده. جایش خالی نبود و کسی دلش برایش تنگ نشد.

هیچ‌وقت یادم نیست اسمش را پرسیده باشم. چه فرقی می‌کرد چه اسمی، اهل کوفه بود. همین کافی بود که شناخته شود. این قضاوت منطقی نبود، عاقلانه نبود. اما همین بود که بود. ما نمی‌توانستیم همه آنچه را که سالیان سال در ذهنمان نشسته و در وجودمان رسوب کرده بود، انکار کنیم. او اهل کوفه بود.

بدون هیچ دلیل منطقی او را نحس می‌دانستیم و خرسند بودیم که دیگر نبود. کجا بود، کجا رفته بود، کجا فرستاده شده بود، کسی نمی‌دانست. نمی‌خواست هم بداند. او دیگر در میان ما نبود و خوب بود که نبود.

محرم بود و دسته‌های سینه‌زنی در ذهنمان راه می‌افتادند و او اگر بود با حضورش سنگ راهشان بود. خوب بود که او نبود. او با

حضورش عادت‌ها، باورها و سنت‌های تاریخی و خاطرات ما را می‌خراشید. می‌خواستیم ذهنمان مختل نشود و همچنان با خاطرات و داستان‌های تاریخی چنان که ما از دور و برمان شنیده و در کتابهای درسی خوانده بودیم، مشغول باشد.

در تنگنای درگیری‌های زندگی دشوار پناهندگی دیگر داشتیم فراموشش می‌کردیم که یک روز یکی از بچه‌های مراکشی کلاسمان که گاهی به مسجد شهر می رفت گفت او را در مسجد دیده که ظرف می‌شسته. بی‌درنگ رفتیم سراغش؛ داشت در حیاط مسجد دیگ‌های بزرگ را برای قیمه‌ی نذری می‌شست. سیگاری تعارفش کردیم که فوراً گرفت و همگی سیگارکشان سر تا پایش را ورانداز کردیم.

بعد همان‌طور که دسته‌های عزادار در ذهنمان سینه و زنجیر می‌زدند و حسین‌حسین می‌کردند، رفتیم سراغ حاج آقای مسجد، گفتیم: «حاج آقا یه عرض خصوصی.» گفت: «بفرمایید.»

کشاندیمش کنار، گفتیم: «این یارو اهل کوفه است ها.» گفت: «چی؟!» گفتیم: «اهل کوفه است...» با حیرت به ما نگاه کرد و بعد به حیاط نگاهی انداخت و دوباره به ما نگاه کرد و از ما نگاهش آرام چرخید سمت حیاط و ما که او را چنان آشفته دیدیم، خداحافظی کردیم که نشنید یا شنید و جواب نداد.

چند روزی نگذشت که باز چشممان به جمالش در کلاس زبان روشن شد. گیج و درب و داغان به نظر می‌رسید. گوشه‌ی چشم چپش هم متورم و کبود بود. با این حال کسی حالش را نپرسید و تحویلش نگرفت و سیگار تعارفش نکرد.

او هم دیگر نیامد. گویا به علت غیبت زیاد اخراج شد و از هایم پناهندگی هم رفت یا بردندش. نفهمیدیم. شاید هم به کوفه برگشت یا برگردانده شد.

هر چه بود، راحت شدیم.

دسته‌های عزادار طبق عادت و سنت در ذهنمان سینه و زنجیر می‌زدند و منتظر بودیم برایمان قیمه‌ی نذری بیاورند.

مغاک

مغازه‌ی ما جای بسیار خلوتی واقع است. چند خانه‌ی دور و برش کلنگی بودند و یکی بعد از دیگری فرو ریختند و ساکنانشان رفتند.

جلوتر از مغازه زمین به انتها می‌رسد.

دره‌ای است تاریک. ما جرئت نمی کنیم نزدیکش شویم. مغاک است؛ پرتگاهی وحشتناک.

باید مغازه را می‌فروختیم و مانند دیگران می‌رفتیم اما ماندیم به امید آنکه مردم زمین‌های ارزان دور و بر را بخرند و ساکن و مشتری ما شوند. این مغازه تنها مغازه‌ی این منطقه است و طبقه‌ی فوقانی مغازه خانه‌ی ماست. انبار مغازه هم هست.

ما هر روز مغازه را به سنت سال‌ها باز می‌کنیم. هر چند می‌دانیم که هیچ مشتری‌ای به مغازه‌ی ما سر نمی‌زند، با این وجود هر روز هشت صبح دو گلدان بزرگ را جلوی در می‌گذاریم، مغازه را آب و جارو می‌کنیم، شیشه‌ها و ویترین را تمیز می‌کنیم، تابلوی تخفیف ده‌درصد را مانند همیشه جلوی مغازه و چهارپایه را کنار

در می‌گذاریم و چشم به دوردست‌ها می‌نشینیم. ما امیدمان را از دست نمی‌دهیم.

امید اما آن است که ماشینی از پایین جاده به سمت ما منحرف شود تا بالای جاده بیاید، مغاک را ببیند و فوراً نخواهد کج کند و برگردد.

در آن صورت شاید پیاده شود، با ما خوش و بش کند، احیاناً سیگاری بخرد و هراسان بپرسد این چگونه مغاکی است و چطور می‌تواند به نزدیک‌ترین شهر آن سوی مغاک برسد.

ما طبق معمول جواب روشنی نداریم جز این‌که بگوییم راه آمده را برگردد، ماشینش را در شهر پارک کند و اسبی کرایه کند و میانبر به سمت شهر برود. در پاسخ به این پرسش که چرا تابلویی آن پایین نصب نمی‌شود تا مردم بلاتکلیف و معطل نشوند، ما مانند همیشه شانه بالا می‌اندازیم، اظهار بی‌اطلاعی می‌کنیم و قضیه را به تصمیم شهرداری و کارمندان کاهلش ارجاع می‌دهیم.

اگر قانع نشوند بحث قدیمی تقسیمات کشوری را پیش می‌کشیم و چنانچه مشتری علاقه نشان دهد، می‌رویم بالا نقشه‌ی منطقه را پایین می‌آوریم و روی پیشخوان پهن می‌کنیم. مشتری در این فاصله یک فنجان قهوه سفارش می‌دهد و ما برایش تفاوت شهرستان و دهستان را شرح می‌دهیم و این‌که لوایح اصلاحی دولت همیشه در مجلس رد می‌شوند و کسی نمی‌تواند برای این

پرتگاه تصمیم بگیرد. اساساً برای بازدید هم نمی‌آیند. یک بار آمدند، وحشت‌زده از نیمه‌ی راه بازگشتند.

مشتری گاه باز به خوبی متوجه مطلب نمی‌شود، با این حال پول سیگار و قهوه‌اش را می‌پردازد و می‌رود.

مغازه‌ی ما تابلو ندارد و معلوم نیست دقیقاً چه می‌فروشیم. روزنامه و مجله‌ی تازه برایمان نیاورده‌اند. آخرین بار که آوردند بنا بود تعطیل کنیم برویم اما ماندیم. روزنامه‌ها و مجله‌هایمان همه قدیمی است. سیگار هنوز چندین بسته داریم. بلیت بخت‌آزمایی هم داریم اما کسی سراغمان نمی‌آید، بختش را با بلیت‌های قدیمی و بی‌اعتبار بیازماید. جایزه‌ای که روی تابلو به شکل تبلیغاتی درج شده، برده شده، تمام شده. از جوایز جدید بی‌خبریم.

گلدان‌های مصنوعی زیادی داریم که گل‌هایشان را خودمان درست کرده‌ایم و رج‌به‌رج روی هم چیده‌ایم. گل‌ها مدت‌ها مانده و خاک گرفته‌اند. شکلات و آبنبات و خرت‌وپرت هم یافت می‌شود. لوازم‌التحریر مختصری هم داریم به یاد روزهایی که یک مدرسه خصوصی در محله‌مان دایر شده بود و زود برچیده شد.

مشتری نمی‌آید. هیچ‌چیز و هیچ نمی‌آید. در عوض باد می‌آید. صدا می‌آید. از همه جا صدا می‌آید. از آن دوردست صدای رفت

و آمد قطار و از این دست، رفت و آمد تریلی‌ها که گاه بوق می‌زنند.

چند هواپیما صبح‌ها و چند تا عصرها از بالای سرمان می‌گذرند که زود گم می‌شوند. هلیکوپترهایی هم صبح‌های زود از بالای سرمان عبور می‌کنند که یک‌باره به طرزی عجیب بالای مغاک ناپدید می‌شوند.

هوا که ابری و رعد و برق می‌شود پرندگان دیگری هم عبور می‌کنند که ما نمی‌شناسیم. جیغ‌کشان می‌آیند و جیغ‌کشان به مغاک فرو می‌روند.

ما چند بار کنجکاوانه به مغاک نزدیک شدیم، اما منظره‌ی آن، چنان دهشتناک و مه چنان غلیظ بود که جرئت نکردیم نزدیک‌تر شویم. از آن دور شدیم و خواستیم فراموشش کنیم. نشد.

شب‌ها از اعماق آن صدای ناله می‌شنویم اما چون می‌ترسیم به آن نزدیک شویم، صدا را به وزش باد نسبت می‌دهیم تا از یاد ببریم. اما از یاد نبردیم.

باد همه‌ی یادها را به ما باز آورد و سرانجام روزی دم دمای صبح عربده‌ی وحشتناک مردی ما را از خواب پراند؛ سراسیمه بیرون جهیدیم.

مردی هراسان می‌گریخت و فریاد می‌زد: «این‌جا پایان جهان است. این مغاک جهنم است. طبقات زیرین دوزخ است.»

ماشینش را همان‌جا میانه‌ی جاده رها کرده بود و می‌گریخت و زوزه می‌کشید.

ما ترسیدیم. سخت لرزیدیم. خواستیم بگریزیم، اما به کجا؟ ما ساکن این‌جا بودیم. عزم‌مان را جزم کردیم. ترسان و لرزان به سمت مغاک رفتیم. هرگز جرئت نکرده بودیم خوب به آن نگاه کنیم.

جلوتر رفتیم، جلوتر از آن چه تاکنون می‌رفتیم. زیر ابرهای سیاه و در مه غلیظ، از بیم افتادن به دره، ذره‌ذره پیش می‌رفتیم و یک‌باره با حیرت چیزی دیدیم که میخکوب‌مان کرد. قلب‌مان ایستاد. تابلویی بود بین دو تخته سنگ.«ای آن‌که پا به درون می‌گذاری، دست از هر امید بشوی.» (۱)

هراسان «دیدگان خویش را به اطراف دوختیم، خیره نگریستیم تا مگر دریابیم که در کجا هستیم.» به حقیقت خویشتن را در کنار دره‌ای یافتیم که غرقاب رنج است و جمله شکوه‌های بی‌پایان و ناله‌ها روی بدان دارند.

دره‌ای تاریک و عمیق و مه‌آلود بود چندان‌که هر چند نگاه خویش را به اعماق آن دوخته بودیم هیچ چیز تشخیص نمی‌دادیم.

هیچ دیده نمی‌شد، فقط شنیده می‌شد که کسانی انبوه انبوه از اعماق ناله می‌کنند. ابرهای سیاه اندوه بالای دره به هم فشرده می‌شدند و زمین - وادی رنج - زیر پایمان داغ می‌شد و می‌لرزید.

لرزان‌لرزان عقب رفتیم، عقب رفتیم و گریختیم.

(۱) از سرود چهارم «دوزخ» کمدی الهی دانته

وسط نامردی

من کجام؟

این‌جا بیخ دیفال.

علی سیاه کجاست؟

جلوی من تو تنگه‌ی در، که اگه گله‌ای ریختن، درو نیگر داره نذاره بریزن تو.

جلال یه‌دست؟

درست پشت در کمین گرفته.

ممد بی‌خیال؟

بیرون پشت تیر سیمانی برق.

غلام فینگیل؟

بالای تیر چراغ برق مشغول دیده‌بانیه که تا اومدن، ندا بده.

ساعت چنده؟

سه، چهار بعد از ظهر.

زنه کجاست؟

تو اتاق ته حیاط.

صدای گریه از کجا می‌آد؟

بچه‌اس بغل مادرش تو اتاق.

حالا ما تا کی این‌جا وایسیم؟

تا وقتی بیان... حتماً می‌آن. گله ای هم می‌آن.

چرا این دست می‌لرزه؟

چون نمی‌خواد جلو کسی دراز شه. چون می‌خواد بگیره دست کمکی رو که طرفش دراز شه.

شاهد کیه؟

هیشکی. شاید فقط آفتاب.

اسد سگ‌باز تعریف می‌کرد زنه دو، سه ماه کرایه اتاقشو نداشته بده. مهلت داده‌ن باز نداشته بده. گفته‌ن یا کرایه بده یا جاش چیزی بده...

زنه گریه می‌کرده، بچه‌شم ونگ می‌زده.خلاصه که افتاده‌ن روش. دو تا لندهور هنهن می‌کردن، زنه ناله. بچهه گریه...گفته‌ن باز به کرایه نمی‌رسه.خواسته‌ن اثاثاشو بریزن بیرون.زنه امون خواسته.

گفته‌ن فردا که امروز باشه یه سری دیگه می‌آن مهمونی و چرتکه انداخته‌ن که همین‌جوری پیش بره سه هفته باس برن و بیان و همه رو باس درست پذیرایی کنه تا این ماه موندگار شه تو اتاق اجاره‌ایش. وگرنه هری...

امروز امروز شد و چون بو بردن ما هستیم، گله‌ای اومدن، از همه طرف.ما می‌لرزیدم. اما می‌خواستیم وایسیم. نمی‌خواستیم جا بزنیم، بماسیم، بپالسیم، بپوسیم.

غلام فینگیل ندا داده نداده، یه قمه گردن ممد بی‌خیالو تا کمر جر داد.یه تیزی تا دسته رفت ته خرخره‌م.

علی سیاه روده‌هاشو ریختن بیرون.

جلال یه دست لت و پاره پشت در.

غلام فینگیل ولوئه تو جوب.

ما دیگه چیزی ندیدیم و نشنیدیم.

بچهه کجاست؟

صداش نمی‌آد...

لابد حالا یکی از این بچه‌هاست که چشاشون دودو می‌زنه اما نمی‌دون. تو کوچه‌ها بیخ دیوار وامی‌ایستن، مفشونو بالا می‌کشن، زل می‌زنن به جوب لجن.

مادره کو؟

صدای گریه‌ش خفه می‌آد...

لابد ول می‌شه تو خیابونا، ولو می‌شه تو تختخوابا...

کجاییم ما؟

این‌جا.

این‌جا کجاست؟

یه جایی همین جا. کنجی از زندگی در کوچه پس کوچه‌های تاریک این زمون و زمونه.

کی؟

یه وقتی تو این زمونه. وسط نامردی.

نامردا کجان؟

یکیشون یه دهنه مغازه‌ی دیگه هم خرید تو بازار، یکی دیگه یه ویلا تو شمال، یکی دیگه‌شون هم صرافی زد، اون یکی هم اونور آب.

آفتاب کجاست؟

زیر ابر.

زمین کجاست؟

این‌جا زیر پای ما، همچنان می‌گرده بر محور کج نامردی.

از خروس خبری نیست

در مجتمع مسکونی ما در خیابان پاسداران همسایه‌ی بالایی و پایینی دزدند.

همسایه‌های مجاورشان هم دزدند.

همسایه‌های میانی و جانبی به کارهای دیگر مشغولند. از این کارها کسی سر در نمی‌آورد، اما بنا به ظواهر یکیشان قبرکن است و دیگری قصاب.

دیگران محوند، مبهمند، پریشان و سرگردانند. معلوم نیست کجا می‌روند، کی می‌آیند، کی می‌روند. اصلاً خوب دیده نمی‌شوند، بس‌که محوند.

قصاب هر روز جلوی چشمان همه چاقوهایش را تیز می‌کند.

قبرکن هم بیل و کلنگش را تمیز و مرتب و اگر لازم باشد تعمیر می‌کند.

چاقوهای تیز و بیل و کلنگ همیشه پیش چشم ماست.

ما صبح‌های خیلی زود و دیرگاه شب از پنجره جز دزدهایی که یواشکی اجناس و کارتن‌ها را به ساختمان وارد یا از آن خارج می‌کنند چیزی نمی‌بینیم.

وسط‌های روز هم قصاب و قبرکن می‌آیند و می‌روند.

بقیه محو و مبهم مثل سایه می‌آیند و می‌روند و همه به طرز شگفت‌آوری در سایه‌ی هم زندگی می‌کنند. همه همسایه‌اند.

از دور دست گاهی صدای جیغ می‌آید و صدای آژیر.

در پس‌زمینه صلوات می‌فرستند و مدام نوحه می‌خوانند، نوحه می‌خوانند. نوحه می‌خوانند... روضه می‌خوانند و گریه می‌کنند.

از خروس خبری نیست.

خواستم ببوسمش، کشتمش

مرا به قتل متهم کردند. با یک ساطور خونین بالای سر جنازه‌ی زنم دستگیرم کردند.

ساطور از دستم جدا نمی‌شد. با خون به دستم چسبیده بود. چند نفر می‌کوشیدند، انگشتانم را از هم جدا و مشتم را باز کنند. نمی‌شد. دستنبد نمی‌شد زد. دستانم را از کتف بستند و طناب‌پیچم کردند و ساطور در دست بیرونم بردند، سوار ماشینم کردند.

چشمانم باز مانده بود و بسته نمی‌شد، به گوسفندهای مزرعه دوخته شده بود. دهانم قفل شده بود.

خواستم ببوسمش. فقط خواستم ببوسمش...

مرا یک‌راست به بیمارستان روانی بردند. این‌جا بیمارستان خودم بود. از سه سال پیش همین‌جا بستری بودم. تا این‌که همین هفته‌ی پیش مرخصی دادند، آخر هفته به خانه بروم دو روزه برگردم. من هم داشتم بر می‌گشتم که یک‌باره دستگیرم کردند.

حتی فرصت نکردم بر جنازه‌ی زنم مویه کنم. گیج و منگ بالای پیکر خونینش ایستاده بودم و از دیدن آن همه خون که از پیکرش

جاری می‌شد، بر جایم میخکوب شده بودم. از او نمی‌توانستم چشم بردارم. نگاهم با خون به او چسبیده بود.

خواستم ببوسمش. فقط خواستم ببوسمش...

من نمی‌توانم کسی را بکشم. وقتی به اتاق آمدم داشتم با ساطور او را می‌زدم. من ساطور را از او گرفتم و او محو شد، ساطور خونین دستم ماند.

از تنش فش‌فش خون می‌رفت انگار از گلوی گوسفندی که ذبح می‌شود، گردن را بالا نگه می‌داریم تا خون تا ته بیرون بپاشد و بی‌خون شود.

فکر می‌کردم وقتی این همه خون از تنی می‌رود، یعنی دیگر او هم می‌رود. یعنی از پیش ما می‌رود. اما او اینجاست، زنم اینجاست، پیکر خونینش اینجاست. تا وقتی او را نبرده باشند اینجاست، همین‌جاست.

خونی که از او رفته شاید به او بازگردد، برخیزد، مرا در آغوش بگیرد.

خواستم ببوسمش. فقط خواستم ببوسمش...

آمده بود مرا در آغوش بگیرد. بعد از آن همه سال در راکه گشودم سایه‌ی سیاهی دیدم که تا مرا دید جیغ کشید. من در آغوشش کشیدم، دهانش راگرفتم. دستم راگاز گرفت. دهانش را فشردم. برهنه بود. خواستم او را ببوسم اما کشتم. در بغلم آرام گرفت و پیش پایم به زمین افتاد.

رفته بودم ببوسمش که کشتمش. با ساطور کشتم. ساطور کجا بود... نمی‌دانم. فقط دیدم تنش تکه‌تکه می‌شود ، خون به سر و صورتم می‌پاشد، مانند وقتی گوسفندهای مزرعه را ذبح می‌کردم.

من هرگز گوسفندها را نمی‌کشتم ، دوستشان داشتم، آن‌ها را از بچگی با سگمان چرا می‌بردم، نوازششان می‌کردم، در آغوش می‌کشیدمشان و وقتی خوب پروار می‌شدند ناچار ذبحشان می کردم تا گوشتشان را بفروشیم خرج زندگیمان کنیم، خرج زنم کنیم که به جای آن‌که بچه‌دار و مادر شود، برود هرزگی کند، مرا روانی کند، با جوان‌های ده هم‌خوابگی کند...

دیگر گوشت نمی‌فروشیم، همه‌ی گوسفندها و مزرعه را هم می‌فروشیم می‌رویم جای دیگر.

بالای سر زنم ایستاده بودم که برخیزد برویم، که آمدند دست‌هایم را از پشت گرفتند.

من با دست‌های بسته چه کنم؟ ساطور هنوز در چنگم چنگه شده است.

از بیمارستان مرخصی آمده‌ام زنم را ببینم، گوسفندهایم را ببینم، سگم را ببینم، همسایه‌ها را ببینم.

مرا در این ماشین کجا می‌برند... چرا مردم جمع شده‌اند مرا در ماشین نگاه می کنند؟

گوسفندها هم از مزرعه بیرون آمده‌اند مرا نگاه می‌کنند.

مرا کجا می‌برند... می‌خواهم از جا بلند شوم بیرون بپرم، نمی‌شود، طناب‌پیچم کرده‌اند.

زنم را کشته‌اند، گوسفدهایم مضطربند. سگم هراسان است و ماشین مرا از مزرعه و ده و کودکی‌ام دور می‌کند.

سگمان پا به پای ماشین می‌دود.

بر می‌گردم؛ زنم جیغ‌کشان ، برهنه و خونین دنبال ماشین می‌دود و می‌گرید.

تولد من

توی خرابه زیر یه تریلی اسقاط وسط یه لاستیک پاره پوره روی زمین چرب و چیلی، به قیر و روغن سوخته‌ی موتور اندوده به دنیا آمدم.

بوی گازوئیل سوخته دماغم رو آزرد.

پستان مادرم از بی‌غذایی داشت خشک می شد و شیر چندانی نداشت به ما بدهد.

مادرم را در خانه‌های دور و بر زده و رانده بودند، چون خودشان چیز چندانی برای خوردن نداشتند و مزاحم و نان‌خور اضافی نمی‌خواستند.

او حامله به این‌جا پناه آورده بود. خسته و گرسنه بود و یک چشمش کور بود و سرو صورتش زخم و زیلی.

یک هفته بعد از زایمان مرد.

ما رها شدیم در میان آشغال‌ها.

آفتاب داغ روغن‌های سوخته‌ی به زمین ریخته را بخار می‌کرد و سر و صورتمان را سیاه می‌کرد. موهای نرم تنمان به گازوییل اندوده بود و وقتی می‌لیسیدیم زبانمان تلخ می‌شد.

تا چشم کار می‌کرد ماشین اسقاطی زنگ‌زده بود و همه جا خرابه بود.

اولین چیزی هم که یاد گرفتیم خراب شدن بود: خراب شدن، خوابیدن و مانند مادر بیدار نشدن بود.

هر چند هنوز به خوبی توان راه رفتن نداشتیم، راه افتادیم شاید جایی خانه‌ای غذایی چیزی پیدا کنیم.

یک‌باره سگ‌ها دنبالمان کردند. تند کردیم. تند کردند. سه تایمان را گرفتند خوردند. تندتر کردیم. نفسمان داشت بند می‌آمد. دوتای دیگرمان را هم گرفتند پاره پوره کردند.

تا مشغول خوردن بودند من از چنگشان در رفتم.

هر جور که بود به یک کوچه و چند خانه‌ی در بسته رسیدم و دویدم زیر سطل آشغال جلوی خانه‌ای قایم شدم.

صبح بود، شب بود، نمی‌دانم. گرسنه، تشنه، ترسیده بودم. چشمم سیاهی می‌رفت و گوشم خوب نمی‌شنید و خوب

نمی‌توانستم بو بکشم. تمام بدنم درد می‌کرد. قلبم تاپ‌تاپ می‌کرد.

این‌جا هم هنوز بوی نفت و روغن موتور سوخته و ادرار می‌آمد. اما کمی که گذشت و نفسم جا آمد از داخل سطل بوی غذا را حس کردم. خواستم از سطل بالا بروم، چنگال‌هایم سر خورد. نتوانستم.

راه افتادم طرف خانه‌ها. درها بسته بود و توی جوی آب هم جز آت و آشغال و لجن چیزی نبود.

پوست هندوانه‌ای کنار تیر برق افتاده بود. کمی لیسش زدم، قدری هم گازش زدم. تلخ بود، بدم آمد.

آن طرف‌تر یک تکه نان خشک بود که تا رفتم سراغش یک‌باره دو تا کلاغ هجوم آوردند چند تا نوک به آن زدند، دل و روده‌اش را به هم زدند و قارقارکنان رفتند. نزدیک‌تر رفتم کمی خمیر خشکش را مزمزه کردم، حالم داشت به هم می‌خورد. عق زدم، آت و آشغال و پوست هندوانه بالا آوردم.

هنوز دهنم بوی گازوییل می‌داد. رفتم سراغ خانه‌ها. درها کیپ بسته و دیوارها بلند بود و هیچ جوری نمی‌شد داخل شد. صبر کردم.

دری باز شد. موتوری لکنته بیرون آمد. صاحبش خورجین رویش را مرتب کرد و خواست با هندل روشنش کند، نشد. آمد پایین. به شمعش ور رفت و من از فرصت استفاده کردم جلدی دویدم داخل خانه.

این‌جا هم بوی قیر و روغن سوخته‌ی موتور می‌آمد اما از زیرزمین بوی غذا می‌آمد. گویا چیزی می‌پختند.

حیاط کثیف بود و گوشه‌هاش چند تا مرغ قدقد می‌کردند. بزرگ‌تر از آن بودند که بتوانم شکارشان کنم اما بوی خوبی می‌دادند؛ بوی گوشت.

من را که دیدند قدقدشان زیاد شد و دیدم در زیرزمین باز شد و ترسیدم. جلدی زیر ناودان خیزیدم و قایم شدم.

پیرزنی بیرون آمد، دور و بر را نگاه کرد و بعد سراغ مرغ‌ها رفت. تخم‌مرغی برداشت و باز به زیرزمین رفت.

حلب ناودان زنگ‌زده و پاره بود و صورتم را خراش می‌داد. نمی‌دانم چطور آن زیر جا شده بودم. خواستم از آن زیر بیرون بیایم صورتم بیشتر خراشیده شد و خون آمد. اهمیتی ندادم. گرسنگی امانم را بریده بود.

در حیاط گشت زدم و بعد بوی مطبوعی از گوشه‌ی حیاط از سطل زباله به دماغم خورد. رفتم طرفش. سطل کوچکی بود. به آن آویزان شدم. دمر شد. داخلش پوست و استخوان گندیده‌ی مرغ بود. پوست‌ها را با ولع گاز زدم و خواستم استخوان را هم به دندان بگیرم، اما برای دندان‌هایم خیلی سفت بود. لیسش زدم.

خانه را نشان کردم و بیرون آمدم تا سرو گوشی آب بدهم. کم‌کم وارد مسگر آباد می‌شدم. روبرویم قبرستانی متروک بود. دورتر خانه‌ها پیدا بودند. گربه کم بود اما از ظاهرشان برمی‌آمد که همان‌قدر بی‌رحم‌اند که مردم.

روزها و شب‌های بعد دیدم و فهمیدم که این‌جا برای یک لقمه نان یا یک تکه استخوان باید صبح تا شب می‌دویدی.

بعدها از این و آن شنیدم که بعضی جاها گربه‌ها را نوازش می‌کنند. این‌جا این خبرها نبود. این‌جا کسی به ما خوشامد نمی‌گفت. بچه‌ها مانند سگ‌های ولگرد به ما سنگ می‌پراندند.

این‌جا خرابه بود و همه چیز قراضه بود. من هم مانند مادرم کم‌کم یک چشمم کور شده بود و شاید مانند او به زودی در این خرابه‌ها خراب می‌شدم.

کورمال کورمال، لنگان‌لنگان وارد زندگی شدم. زندگی که نه؛ جان کندن برای زنده ماندن.

بیوگرافی

اکبر فلاح زاده در رشته ادبیات دراماتیک از دانشکده هنرهای دراماتیک تهران لیسانس، و در رشته ادبیات نوین آلمان و علوم رسانه‌ای از دانشگاه ماربورگ آلمان دکترای خود را گرفته است.

نخستین کتابش ترجمه نمایشنامه "عید پاک" آگوست استریندبرگ در میانه دهه شصت به‌خاطر پیشگفتار ضد جنگ و صلح‌طلبانه اش ممنوع شد.

سال‌ها نویسنده در رادیو زمانه بوده و کتاب "مجازات اعدام، تاریخ، منشاء، قربانیان" از کارل برونو لدر آلمانی را هم ترجمه کرده است.

انتشارات آسمانا (تورنتو) منتشر کرده است:

پژوهش‌های علمی و دانشگاهی

- *Music on the Borderland: Remembering and Chronicling the 1979 Revolution's Shadow on Iranian Music*, by K. Emami, 2024.
- *Whispers of Oasis: Likoo's Poetic Mirage*, by M. Ganjavi, A. Fatemi and M. Alimouradi, 2024
- *دلالت‌های تحلیل طبقاتی در سرمایه‌داری امپریالیستی*، محمد حاجی‌نیا و شهرزاد مجاب، ۲۰۲۴
- *شبِ سیاه و مرغان خاکسترنشین؛ شعر نیما در دهه‌ی دوم:* ۱۳۲۱-۱۳۱۱، ۲۰۲۴
- حافظ و بازگویی، تالیف رضا فرخفال، ۲۰۲۴
- *زنان کُرد در بطن تضاد تاریخی فمینیسم و ناسیونالیسم*، تالیف شهرزاد مجاب، ۲۰۲۳
- شورش دهقانان مکریان ۱۳۳۲ - ۱۳۳۱ *: اسناد کنسولگری، مکاتبات دیپلماتیک و گزارش روزنامه‌ها*، پژوهش امیر حسن‌پور، ۲۰۲۲

تصحیح انتقادی

- *تاریخ شانژمان‌های ایران*، تالیف میرزا آقاخان کرمانی (به کوشش م. رضایی تازیک)، ۲۰۲۴
- رستم در قرن بیست‌ودوم (تصحیح انتقادی و مصور)، تالیف عبدالحسین صنعتی‌زاده (ویرایش م. گنجوی و م. منصوری)، ۲۰۱۷

شعر

- *شهروندان شهریور*، غزل از سعید رضادوست، ۲۰۲٤
- *آینه را بشکن*، شعر از نانائو ساکاکی، ترجمه مهدی گنجوی، ۲۰۲٤
- *عجایب یاد*، شعر از امیر حکیمی، ۲۰۲۳
- *کهکشان خاطره‌ای از غروب خورشید ندارد*، شعر از مهدی گنجوی، ۲۰۲۳
- *غریبه‌هایی که در من زندگی می‌کنند*، شعر از مهدی گنجوی، ۲۰۲۱
- *تبعیدی راکی*، شعر از علی فتح‌اللهی، ۲۰۱۸

داستان

- *فیل‌ها به جلگه رسیدند*، رمان از کاوه اویسی، ۲۰۲٤
- *درنای سیبری*، نمایش‌نامه از علی فومنی، ۲۰۲٤
- *مقامات متن*، رمان از مرضیه ستوده، ۲۰۲٤
- *انتظار خواب از یک آدم نامعقول*، مجموعه داستان از مهدی گنجوی، ۲۰۲۰

برای ارتباط با نشر آسمانا:

Asemanabooks@gmail.com

Someone Had Died in Front of Our House

Akbar Fallahzadeh

Asemana Books

2024